10

반자개 장편 소설

초판 1쇄 찍은 날 | 2017년 1월 9일
초판 1쇄 펴낸 날 | 2017년 1월 16일

지은이 | 반자개
펴낸이 | 예경원

기획 | 위시북스
편집책임 | 박우진
편집 | 이즈플러스

펴낸곳 | 예원북스
등록번호 | 제396-2012-000132호
등록일자 | 2012. 7. 25
KFN | 제1-060호

주소 | 경기도 고양시 일산동구 호수로 646-24 위너스21II빌딩 206A호 (우)10401
전화 | 031-819-9431 팩스 | 031-817-9432
E-mail | yewonbooks@naver.com

ⓒ반자개, 2016

ISBN 979-11-6098-002-8 04810
     979-11-5845-549-1 (set)

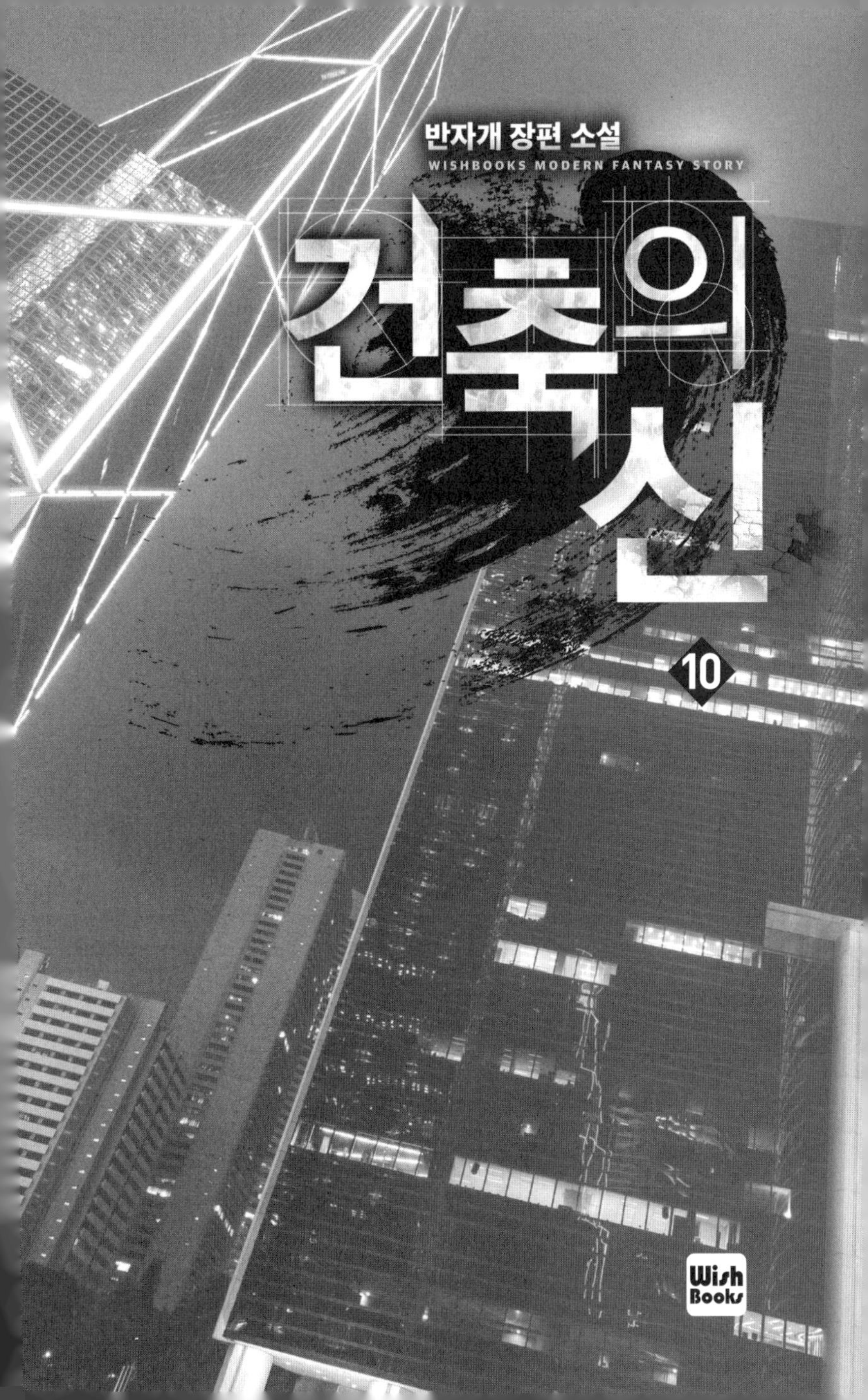
반자개 장편 소설
WISHBOOKS MODERN FANTASY STORY
건축의 신
10
Wish Books

CONTENTS

건축의 신

65장
새로운 제안(1)

성훈은 계약 문제가 마무리되자 학과 사무실을 들렀다.

"민수야. 잘되고 있냐?"

"네, 그럭저럭요. 한동안 안 보이시던데."

"일이 있어서 서울 좀 다녀왔어."

"잘 해결되셨고요?"

"응. 그런데 요즘 타 학과 학생들이 박람회에 좀 소극적이지?"

민수가 놀라며 물었다.

"어? 그걸 어떻게 아셨어요?"

김선우들과의 문제로 박람회 참석 인원과 회의 결과에 관심을 가질 수밖에 없었다.

그리고 회의록만 봐도 지금이 어떤 상황인지 금방 알 수 있었다.

'뒤로 갈수록 회의록 내용이 줄어들었거든. 예측했었던 상황이지만.'

민수에게 말했다.

"지금쯤 슬슬 총장이 내놓은 학점 약발이 떨어질 때가 됐거든."

총장은 건축과 박람회를 도와주는 학생들에게 특별 학점을 주라는 지시를 내렸었다.

"그래도 그 덕에 초반의 인재 유입은 좋았었잖아요."

만족할 정도는 아니지만, 그래도 어느 정도 성과는 있었다.

하지만 딱 그 정도의 미끼였다. 그들이 적극적으로 달려들 만한 맛있는 먹이는 아니었던 거지.

"이대로 가다가는 원하는 결과를 못 내겠어. 지금 와 있는 인재들이 정말 학과 최고의 인재인지도 모르겠고."

민수가 고개를 끄덕이며 동의를 표했다.

"사실 우리 일보다는 자기들 일에 더 관심을 쏟죠. 주기로 한 학점은 참석만 하면 나오는 거니까요."

"그리고 그 평가의 기준이 모호하지."

"그렇긴 해요. 우리가 그 과의 특성을 모르니까요."

"그리고 진짜로 똑똑한 놈들은 이미 학점을 다 따 뒀으니, 추가 학점에 관심이 없을 게 뻔하지 않냐?"

'달리 말하면 학점이 만족스럽지 못한 학생들을 모았다는 말도 되겠지.'

총장으로서는 그것 말고는 대안이 없었겠지만 결과적으로는 독이 되었다.

타 학과 학과장들의 입장에서도 총장이 말했던 학점만 참가자들에게 줘도 책임은 다하는 것이기에, 그리 많은 관심을 두지 않는 것처럼 보였다.

'자기들 말로는 각과 최고의 인재를 보냈다고 하지만, 그걸 확인할 방법은 없지.'

물론 컴퓨터 공학과의 경우에는 최고의 인재를 보낼 정도의 열의를 보냈지만, 다른 학과에서도 비슷한 정성이 있는지는 미지수였다.

"하지만 확인할 방법이 없잖아요. 믿을 수밖에요."

"아니지. 학생 스스로 달려들게 하면 돼."

민수가 고개를 갸우뚱했다.

"그럼 처음부터 그런 방법을 쓰시지. 왜 그랬어요?"

'생각이 안 났으니까, 안 쓴 거지. 맹추야.'

"곽 이사랑 통화하다 보니, 방법이 떠오르더라고."

"현재건설에 후원 요청하시게요?"

"응. 정답이다."

"하지만 후원은 지금도 학교에서 하고 있잖아요. 굳이 현재건설에까지 손을 내밀 필요가 있을까요?"

"아니, 그런 후원을 이야기하는 게 아냐."

현재건설과 대학의 가장 큰 차이점이 뭘까?

그것은 취업이었다.

취업 준비를 하는 입장에서 기업은 언제나 갑이다.

학생을 취직시켜야 하는 학교는 항상 을이고.

"그럼 무슨 후원을 말하는 건데요?"

"재정 후원이 아니라, 취업 후원인 거지."

"취업 후원이요?"

"지금 애들이 학점을 조금이라도 더 받으려는 이유가 뭐냐?"

"훗. 당연히…….."

"그렇지. 취업이지. 그런데 그걸 현재에서 제시한다. 그럼 어떻게 될 것 같아?"

"당연히 흥미가 생기겠죠. 하지만 어떤 식으로 현재에 어필하시게요? 쉽지 않을 것 같은데."

"그건 내가 알아서 할 테니까. 이쪽은 신경 쓰지 말고 지금 하고 있는 일에 집중해 줘."

김선우는 박람회 회의를 끝내고 회의실을 나왔다.

"어? 선우야. 너, 박람회는 안 할 거라고 하지 않았어? 계약 문제 때문에 머리 아프다고?"

"인규구나. 그러려고 했는데, 일이 잘 해결됐어."

인규가 히죽거리며 웃었다.

"해결된 얼굴이 아닌데?"

얼마 전보다 더 푸석푸석한 피부에 눈 아래가 거뭇거뭇하니, 몰골이 말이 아니었다.

"이건 다른 일 때문이고."

"어떻게 해결이 된 거냐? 이렇게 금방 처리될 문제가 아니었잖아. 법학과 친구한테 물어보니까, 적어도 몇 달은 싸워야 할 거라던데."

"맞아. 그런데 금방 처리하는 방법도 있더라고."

그는 선우의 이야기를 찬찬히 들었다.

"그럼 설마 돈질을 했다는 말인가?"

"그야 모르지. 난 그냥 결과만 들었으니까."

김선우가 말을 이었다.

"우리 사장님. 대단하지 않냐?"

"허……. 벌써 사장님 소리가 나오냐?"

"그럼 뭐 어떠냐? 틀린 소리 하는 것도 아니고, 우리한테는 은인이야. 은인."

"그런데 그 사장이라는 분이 누구냐?"

"그……."

성훈에게 단단히 입단속을 받은 그로서는 말하고 싶어도 말할 수 없었다.

"그……. 뭐? 왜 말을 못해?"

"하여간 있어. 넌 말해도 모를 거야."

김선우가 급히 말을 돌렸다.

"너도 나갈 거라더니. 왜 나왔냐?"

"너희들 나가는 것 보고 따라 나가려고 했지. 아무래도 혼자 나가는 건 너무 튀잖냐?"

김선우가 웃었다.

"이런 기회주의자 같은 녀석. 우리가 먼저 나가기를 기다린 거네?"

"뭐 어때. 여기서 받을 거 다 받았는데."

"이미 학점 받았다, 그거지?"

인규가 띠꺼운 표정으로 말을 받았다.

"사실이 그렇잖아. 우리는 도와주러 왔는데 거기다 대고, '이거 해라. 저거 바꿔라. 더 좋은 안을 구상해 봐라.' 어디 요구가 한두 가지냐? 꼴랑 학점 몇 개 받고 이렇게 무시당할 바에야 나가는 게 맞지."

"아니야. 그래도 건축과 학생회장이라면 반드시 그에 합당한 보상을 줄 거야. 기다려 봐."

"됐어. 이미 학점도 받았고, 짜증 나는 이런 곳에 있을 생각이 없어졌어."

"그럼 나갈 거냐? 혼자서?"

'네가 나가긴 어딜 나가냐? 혼자서는 아무것도 못 하는 녀

석이.'

인규를 잘 알기에 놀리려고 했던 것이다.

"불만 있는 애들도 많던데, 같이 나가야지. 아무래도 혼자서 나가면 보기가 안 좋잖아."

'어. 예상과 다른데? 그럼 박람회가 무산될 수도 있잖아.'

"나갈 거면 혼자 나가! 다른 사람은 왜 끌고 나가는데?"

선우의 말에 인규가 고개를 모로 뉘었다.

"야. 왜 그렇게 흥분해? 너 건축과 회장한테 뭐라도 받아먹었냐?"

"받아먹긴 뭘 받아먹냐?"

"그렇잖아. 자식아! 나보다 먼저 나갈 거라고 했던 놈이?"

"무슨 소리를 그렇게 하냐? 이미 받은 학점이 있는데, 의리 없이 내팽개치면 안 되지."

"그깟 학점. 이제 충분해. 나머지도 받으면 4.0은 넘겠지만, 지금도 충분하다고. 이제 이런 데 참석할 시간에 이력서 넣는 게 더 이득이라고."

"꼭 그렇게 해야겠냐?"

어깨를 잡은 선우의 손을 치며 말했다.

"이거 놔. 이 새끼야. 넌 이미 취직됐으니까 그렇게 속 편한 소리 하는 거라고."

그 말을 듣는 선우의 속도 편치 않았다.

"넌 사내새끼가 왜 그렇게 치사하냐?"

"치사? 운 좋아가지고 프로그램 하나 얻어걸린 새끼가. 네가 뭐라도 된 줄 알아?"

여태껏 정성으로 만든 프로그램을 비하하는 말을 들으니, 선우가 욱했다.

"이 자식이 무슨 말을 그렇게 해? 부러우면 부럽다고 해라. 새끼야."

"그래, 부럽다. 됐냐? 꺼져. 새끼야."

그리고 며칠이 흘렀다.

"사장님, 큰일이 났습니다."

"뭡니까?"

"박람회를 도와주기로 한 사람들이 대거 이탈할 것 같습니다."

"그래요?"

"지금 이렇게 한가하실 때가 아니란 말입니다."

"마침 잘됐네요. 김선우 씨도 적당히 기회 봐서 빠지세요."

대수롭지 않다는 내 반응에 그는 벙찐 얼굴이 되었다.

'이건 뭐지? 이미 예측하고 있었나?' 하는 표정.

그러나 김선우는 포기하지 않았다.

"그래도 박람회 건은 사장님께서 신경 쓰시는 사안이 아닙니까?"

"신경 쓰는 건 맞는데, 언제라도 한 번은 생길 일이었어요. 지금 있는 인원들이 최고의 인재들인지도 모르겠고."

"그게 무슨 말씀이십니까? 저희들만 봐도, 컴퓨터 공학과에서 세 손가락 안에 들어가는 사람들입니다."

그건 당신네 교수하고 내가 특별한 인연이 있어서 그런 거고.

"그리고 교수님께서 학점 약속을 하셨는데, 그것도 못 받는 것 아닙니까?"

"선우 씨가 학점이 왜 필요해요? 지금도 보니까 4.3이더구만."

"학점을 많이 받아야 취직도 잘될 것이고……."

"지금 저한테 취직했으니까, 기각!"

"그리고 교수님과 약속한 것도 있고."

"그건 교수님께는 제가 잘 말씀드릴게요."

"그래도 여느 때보다 더 열정적으로 박람회 일에 임하고 있는데."

'나하고 마주치기 싫어서 그런 거 아니고? 어디서 꼼수를 부려.'

선우들과 며칠 정도 함께 일을 했더니, 이제는 멀리서 내가 보이기만 해도 슬슬 피했다.

그래서 꼬꼬마한테 물어봤었지.

평소라면 자기들 프로그램 하느라 바빠서 박람회 회의는 항상 뒷전으로 미루던 인간들이 어느 순간부터는 회의에 가고 싶어서 안달을 하더라고.

"저 친구들, 원래 저렇게 박람회 일에 열심이었냐?"

정희가 코웃음 치며 내게 되물었다.

"오빠. 정말 이유를 몰라서 물어요?"

"그럼. 모르니까 묻지, 알면 왜 묻냐?"

"오빠 보기 싫어서 도망치는 거잖아요."

"왜?"

"오빠가 내주는 과제가 얼마나 살인적인지 몰라요? 오빠가 내주는 건 아무리 간단해도 며칠 밤을 새워야 한다고요."

'그건 당연한 거고. 십 년을 당기는 게 쉬운 줄 알아?'

"흥. 그게 뭐 그렇게 어려운 일이라고."

정희가 양손을 허리에 딱 올리고, 무서운 표정을 지었다.

"그냥 보는 거랑 직접 코딩하는 거랑 다르다는 걸 오빠가 모를 사람도 아니고."

"그 정도는 컴퓨터 전공이면 당연히 해야 하는 거 아니냐?"

"당연히 하죠. 하지만 딱 죽지 않을 정도로 잠만 재우니까 그게 문제죠."

"내가 언제?"

"언제는 언제예요. 매일 그러면서. 어제는 그 선배들 셋이 동시에 코피가 터져서 사무실이 피범벅이 되었었다고요."

"아이고, 소중한 내 직원들이 그래서는 안 되지. 이번 건 끝나면 휴가 보내준다고 그래."

대수롭지 않게 대답하자, 정희가 방방 뛰었다.

"오빠만 없으면 그 선배들 휴가라고요."

"홋. 어쩌냐? 내가 없을 일은 안 생길 것 같은데."

"그나마 박람회 회의에 참석하는 게, 그 선배들한테는 유일한 휴식이라고요. 이 악덕 사장아."

성훈이 속으로 투덜거렸다.

'보수 없이 일 시키는 것도 아니고, 그만한 대우를 해준다고.'

"못하면 못한다고 말하면 되지. 왜 말을 못 해?"

"흥. 말해서 한 번이라도 들어준 적 있어요?"

"말 안 되는 소리만 하니까 그렇지."

"어떻게 사람이 하루에 네 시간만 자고 살아요?"

"난 지금도 그렇게 한다고?"

"그건 오빠한테나 통하는 거고."

그들을 가리키며 말했다.

"당신 눈 밑에 다크써클 좀 봐요. 지금도 한계구만."

"그래도 우리는……."

"박람회 회의 간답시고, 책상에서 자고 오는 것 아닙니까?"

김선우가 방방 뛰었다.

"무슨 그런 말씀을 하십니까? 여기 회의 내용 다 적어 온 것 안 보이십니까?"

'얼굴에 소매 단추 자국이 아직도 남아 있구만, 어디서 꼼수를. 노트가 침으로 안 젖었으면 다행이겠다.'

하지만 그는 자신만만하게 회의록 노트를 내밀었다.

"다행히 침은 안 묻었네요?"

그걸 잠시 훑어보다가 피식 웃음이 나왔다.

'나름 머리를 굴리긴 했는데.'

"이거 글자체가 세 가지네요. 세 명이 번갈아 가면서 썼나 보죠?"

"헉!"

김선우가 다급하게 말을 이었다.

"그게 손가락이 아파서……. 키보드 많이 쳐서 생긴 직업병입니다."

'이 양반들아. 내가 당신들 나이 때, 그런 거 안 해본 줄 알아? 꼼수는 내가 더 선배야.'

"셋이서 번갈아 쓰면서 잤다는 말이네요."

참다못한 정희가 말했다.

"선배들, 그냥 사장님이 시키는 대로 하세요. 한 번도 말싸움에서 못 이겼으면서."

"하지만 정희야. 우리도 살아야지."

울상이 된 선우들에게 말했다.

"이번에 말한 프로젝트가 끝나면 발리로 일주일 동안 휴가 보내드릴게요. 물론 회사 비용으로."

"정말입니까? 사장님."

셋이 동시에 소리를 질렀다.

"네."

"감사합니다, 사장님. 충성을 다하겠습니다."

정희를 보며 미소 지었다.

"야. 나 같은 사장 봤냐?"

그녀가 코웃음 쳤다.

"휴가 갔다 오면 또 얼마나 부려먹으려고?"

"돈 준 만큼 일하는 게 당연한 거지."

"그나저나 박람회 건은 어떻게 하시려고요? 대책이 있기는 해요? 민수 씨가 곤란해하는 것 같던데."

그녀의 말에 고개를 저었다.

"아냐. 이미 대책은 서 있고, 그 녀석도 알고 있어. 하지만 정에 끌려서 그러는 거지."

"정이라뇨?"

"그런 게 있어 설명하려면 길어."

그녀를 뒤로하고 자리에서 일어섰다.

"지금쯤이면 전화가 올 때가 됐는데?"

"무슨 전화요?"

주머니에서 휴대폰이 울렸다.

전화기를 꺼내 들며 말했다.

"그런 게 있어. 나 간다."

비서가 말했다.

"총장님. 박람회 출품 책임자를 다른 사람으로 바꾸는 것이 어떻겠습니까?"

"왜? 문제가 있나?"

"다른 과에서 지원을 갔던 학생들이 줄줄이 이탈하고 있습니다. 그만큼 불만이 있다는 의미가 아니겠습니까?"

총장은 찻잔을 들며 잠시 생각에 잠겼다.

'지금쯤 약발이 떨어질 때도 되었지.'

"하지만 그게 학생회장의 잘못이라고 보기는 어렵지 않을까?"

빙긋이 웃는 총장이었다.

그는 이 사태를 전혀 문제라고 생각하지 않는 듯했다.

"하지만 총장님께서 그렇게 지원을 하지 않았습니까? 다른 학과에 거의 강제하다시피 학생들을 투입했는데, 박람회의 결과가 좋지 못하다면 분명히 총장님께도 해가 미칠 것입니다."

심각한 사안임에도 여전히 총장의 얼굴에는 미소가 떠나지 않았다.

"이미 예상했던 문제라네."

아직 사태를 정확히 파악하지 못하는 것이 분명했다.

'그게 아니면 성훈이라는 학생을 맹목적으로 신뢰하시는 거겠지.'

"총장님. 이탈하는 학생들의 불만은 더 근원적인 곳에 있습니다."

"근원적인 곳? 그게 뭔가?"

"기껏 도움을 주러 갔는데 감사를 표하기는커녕, 이래라저래라 지시를 하니, 그들의 입장에서는 불만이 쌓일 수밖에 없지 않겠습니까?"

비서의 말에는 진심 어린 우려가 섞여 있었다.

턱을 만지던 총장이 물었다.

"그걸 학생회장이 모르고 있을까?"

"이미 알고 있을 겁니다. 그 일을 실제로 진행하는 녀석이 민수라는 학생입니다. 그는 학생회장의 충성스러운 심복으로 알려져 있는데, 중간에서 보고하지 않을 리가 없지요."

총장이 미간을 모으며 물었다.

"그 녀석이 알고 있는데도, 조치하지 않는다. 그거지?"

드디어 자신의 충언이 먹혔다고 생각이 들었다.

비서의 목소리가 한 옥타브 올라갔다.

"네. 모를 리가 없는데도 아무런 대책도 제시하지 않고 있습니다. 저는 그게 더 염려가 됩니다."

총장이 찻잔을 빙글빙글 돌렸다.

"그럼 내버려 둬. 녀석이 모르고 있다는 것도 상상하기 어렵지만, 그럼에도 조치를 안 한다는 건 이미 다른 계산이 있다는 말이지."

"네? 정말 저대로 두실 셈입니까?"

총장이 느긋하게 물었다.

"이탈되는 인원이 많은가?"

"네! 벌써 50%나 이탈을 했습니다."

"저런!"

"남일 보듯 하실 일이 아닙니다. 학과장들의 성화도 이만저만이 아닙니다. 그렇게 신경을 써 줬는데도, 후속 대응이 미진해서 자기들을 찬밥 취급한다고 생각하고 있습니다."

"신경 쓰지 말게. 다음 주까지도 아무런 조치가 없다면, 그때 내게 말하게. 녀석을 불러서 이유나 물어볼 테니."

"총장님. 그러면 이미 늦을 수도 있습니다. 이럴 때일수록 책임자를 경질하고 총장님께서 다른 방안을 모색하셔야, 나중에 책임지실 일이 적어지지 않겠습니까?"

그 말을 들을 총장의 입꼬리가 올라갔다.

"허허허. 이 사람 정치꾼이 다 됐구만."

총장이 찻잔을 내려놓고, 창가로 걸어갔다.

더 이상 할 얘기가 없으면 나가라는 축객령이었다.

비서가 총장의 등에 인사를 하며 물러났다.

자신의 충심은 전해졌고, 이미 머리에서 계산기를 두드리고 있을 터.

'절대로 실수를 하실 분이 아닌데, 이번에는 돌을 잘못 놓으신 게야. 여차한 경우에는 내가 방패막이가 되어 드려야겠군.'

양 이사였다.

─성훈아. 이번에는 또 무슨 사건이냐?

"왜 이렇게 늦게 전화하신 거예요?"

─허. 녀석! 보자마자 타박이냐?

'나도 급하단 말이에요.'

좀 더 일찍 현재건설을 떠올렸다면, 느긋하게 작업이 들어가겠지만, 이번에는 대응이 약간 늦었다.

대뜸 그에게 물었다.

"기획서는 꼼꼼하게 검토하신 거죠?"

─그래? 그거 검토하느라고 늦었다. 그 기안을 통과시키려고 내가 며칠 동안 고생했는지…….

'흥. 기획실을 통째로 쥐고 있으면서 엄살은.'

그의 너스레가 계속될 것 같았다.

"이사님. 결과 먼저 말씀해 주세요. 저 숨넘어가니까."

ㅡ허. 어지간히 급했나 보구나. 숨 돌릴 틈도 없이 몰아붙이네.

"그래서 어떻게 되었는데요?"

ㅡ어떻게 되기는 바로 결재 떨어졌지.

"그럼 제가 올린 안 그대로 진행되는 거죠?"

ㅡ응. 사장님도 네 이름 대니까 바로 결재하셨지. 기대가 많으시더라. 이번에는 어떤 일을 만들지 말이야.

얼굴도 모르는 사장의 기대라니, 기분이 약간 설레었다.

'사장이라면 확실히 이사들과는 급이 다르겠지.'

"갑자기 부탁드려서 미안합니다. 그리고 힘써 주셔서 감사합니다."

"우리 사이에 미안할 게 뭐 있냐? 네 덕분에 여기까지 왔는데! 뭐든지 말해라. 내 양손 다 걷어붙일 테니까.

"참! 따로 올린 자금 지원 10억도 확실히 타내신 것 맞죠?"

ㅡ그래. 자세한 건 우편으로 보냈으니까, 내일쯤 도착할 거다. 그런데 그 큰돈은 어디다가 쓰려고?

"돈이야 다다익선이죠. 없어서 문제지, 쓸 곳은 찾아보면 널렸습니다."

ㅡ그건 맞는 말이지.

"1원 한 푼 비는 곳 없이 꼼꼼하게 장부 써드릴 테니까, 아무 염려하지 마세요."

업무적인 이야기는 끝이 났다.

"이제 얼마나 수고했는지 무용담을 말씀해 주세요."

―허허허. 이거 원 참 엎드려 절 받기도 아니고.

기획실장이 얼굴을 보고 싶어 한다는 둥, 회의 시간에 취업 지원에 대한 타당성을 설명하느라 목이 쉬었다는 둥. 제업적에 대해 늘어놓았다.

"고생 많으셨어요. 이사님."

지금 지원이야 돈으로 끝나는 일이라지만, 취업 지원은 그 의미가 달랐다.

그야말로 회사의 미래를 거는 게 아니던가?

―성훈이, 너는 대박만 터뜨리면 돼. 다른 지원은 나만 믿으라고.

그의 호탕한 소리에 기분이 좋아졌다.

"그런데 재주도 좋으시네요. 이사 직함을 달자마자 바로 기획실을 거머쥐시다니."

―윗님 덕에 나발 분다더니. 부사장이 날 그렇게 밀어줄 줄 어떻게 알았냐?

"부사장이요? 원래 친했던 분이셨어요?"

―아니. 부사장은 자기 라인 아니면 다 싫어해.

"그런데 어떻게……."

―황 전무가 너무 세력이 커지니까 견제하느라 그랬던 거

지. 기획실까지 넘겨줄 수는 없다. 뭐 그런 거였지.

"그래서요?"

들으면서도 웃음이 났다.

자신이 가질 수는 없고, 그렇다고 적에게 줄 수도 없으니, 중간에 있는 양 이사를 밀어 올려버린 것이다.

─나야 뭐. 힘 있는 자리 준다는데, 거절할 이유가 있어? 사장님도 그런 의중을 비시시더라고. 그래서 냉큼 챙겨버렸지. 살다 보니 이럴 때가 다 있네. 내가 부사장이랑 황 전무 덕을 볼지 누가 알았겠어?

"거기 해외 사업에도 영향력이 있는 곳이죠?"

사실 지금은 아니더라도, 나중에는 양 이사를 그쪽 관련으로 밀어줄 생각이었다.

'거기가 내 주 무대가 될 테니까.'

알아서 밥이 지어지는 느낌이랄까?

─그렇지. 그러니까 얼른 와. 둘이서 지금 박 터지게 싸우느라고 날 볼 틈이 없어.

"야금야금 힘이나 많이 키워두세요."

─그러려면 네 도움이 많이 필요하다. 얼른 오라고. 네 자리 비워 놓을 테니까.

"졸업은 해야죠."

─얼른 안 오면 고새 밀려날지도 몰라.

"흐. 알았어요. 그동안 어떻게든 자리만 잘 지키고 계세요."

─알았어. 그리고 거기 후원 설명회 하러 갈 때, 내가 직접 가도 되지? 너랑 술이나 한잔하게.

"그럼요. 환영합니다."

─그럼 곽 이사 전화 받지 마.

"그건 또 왜요?"

─부득불 자기가 적임자라고 우기는 거야. 말리느라 애먹었어.

'로펌 건으로 찔리는 게 있으니까, 그런 거겠지. 흥.'

며칠 후, 민수가 리스트를 내밀었다.

"형. 대충 윤곽이 드러난 것 같아요."

불평하는 놈, 선동하는 놈, 방관하는 놈. 흔들리는 놈. 그리고 묵묵히 자기 역할을 다 하는 사람.

민수에게 그들 중, 알곡과 가라지를 구분하라고 지시했었다.

민수는 항상 그 회의에 참석을 하니까, 동향을 살피는 게 가능했지.

'원하지 않는 녀석들은 나도 필요 없다고. 필사적으로 달려들어도 시원찮을 판에.'

리스트를 훑어보았다.

꼼꼼한 민수답게, 실력과 성향을 잘 분석해 놓았다.

"고생이 많았구나."

"뭘요. 시키는 대로만 한 건데요."

"그래. 그럼 시작해도 되겠네."

휴대폰을 들고 자리에서 일어났다.

양 이사와의 통화가 끝나고 민수가 물었다.

"그런데 궁금한 점이 있어요."

"뭔데, 물어봐."

잠시 머뭇거리더니 민수가 말했다.

"항상 형은 주도적으로 움직였잖아요? 마음에 들지 않으면 바로 박살을 내버렸죠."

'내가 그렇게 과격했었나?'

하지만 돌이켜 보니 그랬던 것 같았다.

그의 말에 동의할 수밖에······.

"응. 그랬지."

"그런데 이번에는 그렇지 않은 것 같아서요."

"음. 민수야. 디테일보다는 전체를 보는 것에 신경을 쓰고 싶어서 그랬던 거야."

신뢰할 수 있는 사람이 없었다면, 불가능한 생각이었다.

민수를 바라보며 말을 이었다.

"애초에 품질을 보는 눈은 민수 네가 더 좋았지만."

"에이. 설마요. 제가 형한테 배운 게 얼마인데?"

그 말은 민수의 겸양이었다.

실제로 나보다도 눈썰미는 좋았다.

나는 지난 삶의 경험이 있었기에 그가 보지 못하는 것을 잡아낼 수 있었던 것뿐.

'그리고 내가 앞서는 것은 현장 경험뿐이지.'

건축가는 건축의 전반을 감독하는 직책이다.

눈썰미는 필히 좋아야 한다.

그걸 가지려면 많이 보는 수밖에 없다.

아는 만큼 보인다고 하지 않던가?

하지만 눈썰미가 반드시 좋은 역할만 하는 것은 아니다.

나 같은 성격을 가진 사람은 눈에 보이는 것을 그냥 지나치지 못한다. 그 자리에 멈춰 서서 수정을 해야 한다는 말이다.

세부적인 것에 시간을 허비하다 보면, 그 자리를 맴돌 가능성이 크다.

다음 단계로 넘어가려면, '알아도 넘어갈 수 있어야 한다.'가 아닐까?

수정하고 넘어가라고, 후임에게 말할 수 있는 여유.

어쩌면 운명과의 타협인지도 모른다.

정해진 수명을 살고 있는 인간이기에.

끝없이 파고들어도 일의 깊이에는 도달할 수 없기에, 할 수밖에 없는 운명과의 타협.

"모든 것에 완벽할 수는 없겠지. 디테일은 내가 아니더라도 큰 문제가 없을 거야."

"훗. 그 말을 들으니, 형이 좀 인간답네요."

"뭐야? 그럼 지금까지는 뭐 같았는데?"

"기계 같았다고나 할까. 완벽을 추구하는?"

"민수야. 이게 잘못된 생각일까?"

정확한 정답은 나도 모른다.

어쩌면 생이 끝날 때까지 고민할 수도 있겠지.

'그래도 시도해 보고 싶어.'

이게 잘못된 판단이라면, 조금 더 일찍 경험하는 것도 한 방편이 아닐까?

사회에 나가서의 실수는 더 이상 실수가 아닐 테니까. 그건 실패라는 말과 직결된다.

민수가 내 의문에 답했다.

"형이 보지 못한 부분은 제가 챙길게요. 그리고 경호도 이제 어느 정도 익혔으니까요."

"그래. 고맙다. 민수 너라면 믿을 만하지."

지금까지의 내 방식과는 차이가 있었지만, 지금은 디테일보다는 전체적인 균형미를 신경 써야 할 때였다.

작품에 있어서건, 작업에 있어서건.

"특히나 이번에는 나보다 더 전통에 해박한 최 옹이 계신데, 내가 굳이 디테일에 간섭할 이유가 없지."

그 말에 민수가 피식 웃었다.

"그렇게 말해 놓고 나중에는 일일이 간섭할 거잖아요."

"야! 그건 마무리할 때나 그렇겠지. 지금은 때가 아닌 것 같아."

"왜 그런 생각을 하게 된 거예요?"

"한 걸음 뒤로 물러서면 다른 게 보이거든."

나무에 집중하면 숲을 보지 못하고, 숲을 보면 나무에 집중하지 못한다고 했지만, 그런 대중적인 말보다, 아직 초보인 내게는 한 걸음이 딱 어울렸다.

'급하게 갈 필요가 뭐 있어? 딱 한 걸음씩 물러나면서 확인하는 거지.'

민수가 고개를 끄덕였다.

"무엇보다도 말이다."

"네."

"작년에는 날 대신할 사람이 없었지만, 지금은 네가 있잖아. 그래서 나는 느긋하게 전체를 둘러볼 수 있는 여유가 생긴 거지."

미소 짓는 민수에게 말을 이었다.

"나중엔 다시 또 네가 내 위치로 올 거고, 그때가 되면 나는 더 큰 그림을 그릴 수가 있을 거야."

민수가 커피를 저으며 말했다.

"하지만 이번에는 일부러 그런 거죠?"

이 분위기를 조장한 이유를 묻는 것이리라.

"맞아. 굳이 적극적이지 않은 녀석들을 잡으려고 해 봐야, 시간 낭비가 될 뿐이야."

"그런 것 같았어요. 평소와는 달랐거든요. 하지만 현재에서 취업 지원을 한다고 우리 일에 무관심하던 녀석들이 적극적으로 변할까요?"

민수의 의문에 확신으로 답했다.

"흐흐. 두고 봐. 이번에는 다를 거야. 그것도 진짜로 실력 있는 놈들이 몰려들 테니까."

"왜 그렇게 확신해요?"

"최고의 기회를 코앞에 두고 빼앗길 정도의 멍청이들은 발도 들이지 못할 거야."

민수가 커피 잔을 내밀며 웃었다.

"그렇게 되면 훨씬 일하기는 편해지겠네요."

'곧 확인하게 될 거야. 목마른 자 앞에 내밀어진 물 한 방울이 어떤 효과를 내는지를.'

이튿날.

양 이사가 우리 대학을 방문했다.

66장
새로운 제안(2)

미간을 찌푸린 양 이사가 말했다.

"성훈아, 미안하다. 곽 이사도 따라왔다."

뒤에서 곽 이사의 헛기침 소리가 들렸다.

"성훈 군. 자네가 관련된 일인데 내가 안 올 수가 있겠나?"

"뭐 중요한 일이라고, 이사가 둘씩이나 움직인대요? 현재 건설이 그렇게 한가한 조직이었나요?"

귀찮아하는 성훈의 반응에 곽 이사가 쩔쩔 매며 말을 걸었다.

"험험. 잠깐 둘이서만 얘기할 수 있겠나?"

"몰라요. 저 지금 시간 없으니까, 따라오시려면 오시구요."

'진짜로 바쁘다고!'

설명회장이 바뀌는 바람에 설치를 다시 하느라 눈코 뜰 새가 없었다.

학과마다 대자보가 붙고, 팩스가 들어갔다.

그 결과 수많은 공과생이 몰려들었다.

결국은 수용 인원 초과!

그 바람에, 건축과 강당으로 예정되어 있던 설명회가 체육관으로 변경되었다.

그러니 바쁠 수밖에.

"어쩌다 저런 관계가 되었누?"

양 이사가 혀를 끌끌 찼다.

정확한 이유는 모르지만, 곽 이사가 성훈에게는 봉이라는 것을 알고 있었다.

'거 참. 신기한 관계일세.'

왜 그러느냐고 곽 이사에게 물어봤지만, 정작 그 이유를 말해 주지 않으니 더 궁금해질 따름이었다.

잠시 후 둘만 남았을 때, 곽 이사가 앓는 소리를 해댔다.

"성훈 님. 왜 저를 멀리하십니까? 혹시 저번에 삼일로펌 때문에 그러십니까?"

"아뇨. 전혀 그런 거 아니거든요."

"그런데 어째서 이런 중요한 일을 저런 곰 같은 놈에게 맡기신 겁니까?"

"곽 이사님 하고는 맡고 있는 포지션이 다르잖아요. 그리고 이 일은 기획실에서 맡는 게 타당하구요."

"그래도 섭섭합니다."

"대신 중동 쪽은 곽 이사님이 꽉 쥐고 계시잖아요."

"그렇기는 하지만……."

'욕심만 많아가지고.'

아!

중동을 말하다 보니 떠올랐다.

'아랍의 왕자 하나가 방문해 주면, 구색이 더 살겠지?'

거물 하나가 움직이면, 세계의 매스컴들도 그 쪽으로 포커스를 맞추니까 말이다.

이 생각을 하고는 속으로 흐뭇해졌다.

'그래도 산유국의 왕자라면, 어느 정도 관심을 받지 않겠어?'

"곽 이사님. 압둘을 부르면 우리 박람회가 더 유명해지지 않을까요?"

"당연히 그렇겠지만. 왕자씩이나 되는 사람을 무슨 명분으로 부릅니까? 외교부에 문의를 해 봐야 합니다."

"만약 압둘이 직접 온다고 하면요?"

"그렇게 된다면 이야기가 달라지겠지요."

"그럼 명분 따지지 말고 전화하세요."

'시계 받은 것도 있는데, 입 닦을 수 있나?'

곽 이사는 난감한 기색을 비췄다.

"하지만 제가 오라고 한다고 오겠습니까?"

"초청장 보내면 되잖아요."

"고작 그런 걸로 움직일 수 있는 사람이 아닙니다."

'방법을 알아서 찾아야지. 일일이 말해 줍니까?'

자기에게 이득이 되는 건 여우처럼 눈치 빠르게 행동하면서, 그 외에는 상당히 둔하다.

'그게 더 얄밉다고.'

"그럼 예전에 만들어주기로 한 몰딩 있죠. 그거 만들어줄 테니까, 오라고 하세요. 부른 김에 묵은 빚도 해결하죠."

예전에 방문했을 때, 압둘의 취향을 몰라서 뒤로 미루었던 것을 지금 해결하는 것도 괜찮다는 생각이 들었다.

"드디어 그 몰딩을 만드는 겁니까?"

"확실하지는 않아요. 압둘의 마음에 드는 문양이 몇 개 있으면 조합이 가능하겠죠."

그래도 압둘을 안내하면서 전국 방방곡곡을 누비는 것보다는 훨씬 더 효율적이리라.

이번 박람회는 한국미의 총집합체가 될 테니까, 압둘의 취향에 맞는 것을 찾을 좋은 기회가 되지 않겠어?

곽 이사의 얼굴에 화색이 돌았다.

"그런 조건이면 당장 올 겁니다. 조치하도록 하겠습니다. 그런데……."

'뭔가 원하는 것이 있구만. 기회는 절대로 안 놓친단 말이

야. 참 나.'

곽 이사를 보며 말했다.

"그 몰딩이 완성되면, 가격 협상은 곽 이사님이 직접 해주세요."

그는 절대로 나를 속이지 않을 것이다.

곽 이사의 얼굴이 한층 더 밝아졌다.

"정말이십니까?"

"네. 대신 제가 가지는 저작권과 생산에 대한 비율도 최고로 맞춰 주셔야 해요."

"암요. 당연한 말씀을. 최고의 최고로 맞추겠습니다."

'최, 최, 최고로 맞춰 줘도 우리는 그 몇 배를 남기거든. 올해 실적이 몇 배로 뛰겠군.'

이미 현재건설은 성훈이 제시한 원가의 세 배로 몰딩을 판매한 적이 있었다.

그래도 압둘은 마음에 든다고 사갔으니, 딱히 바가지라고 하기도 애매하리라.

성훈이 인사를 하다가 다급하게 뛰어갔다.

"그럼 이왕 오셨으니, 설명회를 최대한 빛내주고 가세요. 어이! 거기!"

돌아서는 곽 이사의 얼굴에 웃음이 만연했다.

'크크크. 떼를 쓰며 따라온 보람이 있었다니까. 이렇게 또 한 건 올렸잖아.'

양 이사가 강단으로 올라갔다.

"안녕하십니까? 현재건설의 기획 전반을 총괄하는 양재형 이사입니다."

환영의 박수가 울려 퍼졌다.

그리고 모두들 귀를 쫑긋 세웠다.

"사실 이곳 U대학은 창립자이신 왕 회장님부터 시작해서 현재그룹과는 유서 깊은 인연이 많습니다."

양 이사의 시선이 군중들을 훑었다.

"그리고 다들 아시겠지만, 작년의 경우에는 이곳 건축학과에서 만든 공모전 작품으로 직접 건물을 세우기도 했습니다. 울산에서 최초로 50층짜리 건물을 완공했지요."

한 학생이 손을 들며 물었다.

"혹시 스타타워 말씀하시는 겁니까?"

양 이사가 고개를 끄덕이자, 순식간에 체육관이 웅성거림으로 가득 찼다.

"그게 우리 학교 학생 작품이라고?"

"몰랐냐? 작년 말에 신문에서 엄청나게 때렸었잖아."

"그래? 난 이번 학기에 복학해서 몰랐지."

"그 기사 덕에 현재건설이 인지도 삼 등이었는데, 업계 탑으로 올라갔잖아."

양 이사가 말을 이었다.

"네. 맞습니다. 울산 신시가지에 세워진 스타타워가 그 건물이죠. 저기 앉아 있는 김성훈 학생회장 덕분에 우리는 울산에 기념비적인 건축을 할 수 있었습니다."

학생들의 시선이 성훈에게 몰렸다.

시기, 질투, 가지지 못한 것에 대한 동경.

수많은 감정이 성훈을 향했다.

"매번 회의 때마다 민수만 나와서, 회장은 핫바지인 줄 알았더니, 그건 아닌가 보네."

다른 학생도 의문을 제기했다.

"그러게. 난 민수가 학생회장인 줄 알았어. 사실은 이번처럼 민수가 다 한 거 아냐? 자기는 뒤에서 거드름이나 피우고?"

수많은 사람이 웅성거렸지만, 희한하게 욕하는 소리는 잘 들리는 법이다.

나도 모르게 입꼬리가 올라간다.

"이것들이 어디서? 뒷담화를……. 제 놈들 취직시켜 줄라고 현재까지 끌어들였더니."

내가 지금의 결과를 위해서 얼마나 노력을 했는지 이들은 모른다.

언감생심 질투 따위가 어울리기나 할까?

'노력하지 않은 자는 질투할 자격도 없어.'

민수가 옆에서 쿡쿡 찔렀다.

"형. 얼굴 펴세요. 다 티 나요."

"저 자식들 말하는 거 봐라."

"부러워서 그러는 거잖아요. 뻔히 알면서. 일할 때는 욕먹는 거 신경도 안 쓰는 사람이 왜 그래요?"

'그건 내가 각오하고 먹는 거고, 지금은 다르잖아.'

내 얼굴은 점점 더 굳어갔다.

'두고 보자. 이놈들. 줄 때는 주더라도 절대로 쉽게는 안 준다.'

그사이, 양 이사의 말이 이어졌다.

"저희는 거기서 U대학 학생들의 어마어마한 발전 가능성을 봤습니다."

"좋은 선례도 있고 해서, 이번에는 또 어떤 반향을 일으킬 것인지, 현재건설인들의 관심이 이 박람회에 집중되어 있습니다."

"이에 약간의 후원으로 여러분들의 사기를 높이고자 합니다."

내가 기획했던 내용들이 흘러나왔다.

이미 각 과에 팩스를 발송했지만, 구체적인 내용은 없었다.

그 내용이 현재건설 이사의 입에서 지금 나오는 것이었다.

"박람회에 입상할 경우, 동상일 때는 현재건설 입사 지원 시 1%의 가산점을 드립니다."

또다시 체육관이 술렁거렸다.

드디어 듣고 싶은 말이 나오는 것이다.

"와! 1%래. 대박이다."

그 1%에 당락이 결정 나는 경우가 비일비재했으니, 그것은 보험이나 마찬가지였다.

"조용히 해 봐. 동상일 때라잖아. 아직 덜 나왔어."

"그럼 더 큰 상을 받으면, 가산점 비율이 더 높다는 이야기잖아! 진짜 대박인데?"

양 이사의 말이 이어졌다.

"은상일 때는 2%, 금상일 때는 3%, 그리고 대상 수상 시에는 5%의 가산점이 주어질 것입니다."

절로 박수가 흘러나왔다.

다른 학교가 아닌, 오로지 U대학에만 주어지는 가산점. 그것만으로도 학생들을 흥분시키기에는 충분했다.

"물론 거기서도 공로에 차등을 두어, 더 많은 참여를 한 학우에게는 또 다른 특전을 드릴 예정입니다."

군중들 중 하나가 물었다.

"이사님. 특전이 뭔지 구체적으로 말씀해 주십시오."

"그건."

그의 발언을 제지하며, 강단으로 올라갔다.

"양 이사님. 잠시 쉬었다가 하시죠?"

"응? 왜? 아직 얘기 안 끝……."

얼른 내려가라고 눈치를 주고는, 마이크를 이어 받았다.

"아침 일찍 서울에서 내려오셔서 많이 피곤하실 겁니다. 특전에 대한 내용은 십 분간 휴식 후 다시 이어가도록 하겠습니다."

성훈이 쉬려는 양 이사를 붙잡았다.

"특전 내용 변경 가능하죠?"

"왜? 가산점 10%가 적어서? 이 정도면 시험만 치면 붙는 거라고."

양 이사가 눈을 동그랗게 뜨며 말했다.

'그래도 시험을 쳐야 하는 거잖아요. 같은 결과라도 학생들이 받아들이는 건 다르다고요.'

성훈이 빙긋이 웃자, 양 이사가 물었다.

"어떻게? 예를 들면?"

성훈의 눈가에 장난기가 어렸다.

"학생회장의 추천을 받은 사람은 현재건설에 바로 입사가 가능하다거나."

"시험을 안 치고 어떻게 입사하려고."

그럼 낙하산은 왜 있어?

"그것 말고도 방법은 많잖아요. 이사쯤 되면요."

"흠. 이사 추천이라……."

"하지만 욕먹게 하지는 않겠습니다. 실력 확실한 놈으로만 고를 거니까."

"흐흐. 그 고르는 걸 네 녀석이 하겠다?"

성훈이 고개를 끄덕였다.

"그럼 저기 있는 학생들이 몽땅 네 손가락 하나로 움직이겠네?"

"뭐. 그런 거죠."

성훈이 눈썹을 으쓱하며 웃었다.

양 이사가 허탈한 웃음을 지었다.

"이런 날강도 같은 놈이 있나? 현재를 등에 업고 학교를 좌지우지 하겠다는 거네."

'그리고 네가 선택한 녀석들은 우리 현재에 들어와서도 네 손발이 되겠군.'

"현재는 인재를 얻어서 좋고, 저는 일을 편하게 하니까 좋죠."

'이거야 원. 할 수밖에 없잖아.'

양 이사가 장난스럽게 물었다.

"나한테 거부권은 있는 거냐?"

"네. 당연히 있으시죠."

"거부하면 어떻게 되는데?"

"뭐 어쩌겠어요. 더 마음에 드는 회사로 추천해야죠."

장난으로 던진 돌이 쓰나미로 돌아왔다.

양 이사의 미간에 주름이 생겼다.

'그건 미처 생각을 못 했군. 그럼 이 녀석도 손발이 있는 곳으로 갈 거 아냐?'

물론 양 이사 자신과의 약속도 있기는 했지만, 자신 같은 이사를 다른 회사에 만들지 말라는 법도 없었다.

'고작 일 년이었다고. 이 녀석이 나타난 지가. 그리고 그사이에 수많은 일이 있었지.'

말이 제안이지, 반 협박이구만.

양 이사가 조심스럽게 물었다.

"성훈아. 설마 다른 곳에도 인맥이 있었어?"

"왜 없을 거라 생각하십니까?"

'물론 지금은 없지. 하지만 앞으로 만들 수는 있거든요?'

일 년 전 이야기지만, 곽 이사가 설계도를 사간 다음, 한 교수가 이런 말을 했었지.

'다른 건설사들이 나한테 연락이 왔었다.'

'그런데 왜 말씀 안 하셨어요?'

그때 한 교수가 피식 웃으면서 말했었지.

'네 성격에 경매 붙일까봐 무서워서 못했다.'

'당연히 경매를 붙여야죠. 가치가 더 올라갈 텐데.'

'하지만 낙찰을 못 받은 회사하고는 척을 질 거 아니냐? 다른 회사가 받는다면, 지금까지 현재와의 관계가 물거품이 될 것이고. 물론 네가 그런 걸 신경 쓸 놈은 아니지만, 현재

가 되면 앞으로는 현재건설하고 밖에 할 수 없잖아.'

한 교수는 내 운신의 폭이 좁아지는 것을 경계해서 일부러 말해 주지 않은 것이었다.

그때는 아쉬웠지만, 지금 생각해 보면 한 교수의 말이 맞았다.

고작 몇억 때문에 미래의 폭을 좁힐 이유는 없지 않을까?

그리고 한 교수는 이 말을 덧붙였다.

'현재건설하고 엮이면서 절대로 꿇리지 마라. 여차하면 다른 선택지도 많으니까. 나 아직 미국 쪽에 인맥 빵빵해!'

결국은 기, 승, 전, 자기 자랑이었지만.

'지 꼴리는 대로 하는 이놈 성격에……'

그럼에도 양 이사는 속으로 인정할 수밖에 없었다.

'이 녀석은 충분히 가능성이 있지. 다른 곳에서 콜이 안 왔을 리가 없어.'

당장 현재 사장만 해도, 성훈에게 눈독을 들이지 않던가?

성훈의 손을 붙잡았다.

"에이. 이 사람아. 이왕이면 우리 현재로 보내야지. 다른 곳으로 보내면 섭섭하지. 안 그래?"

양 이사의 손을 맞잡으며 말했다.

"그럼 그렇게 해도 되는 거죠?"

그가 내 눈치를 살피며 물었다.

"몇 명이나 생각하는데?"

"대략 3, 4명 정도요."

"야! 너무 많잖아. 아무리 내가 이사라도 두 명까지가 한계야."

아무리 끗발 있는 이사라도, 마구잡이로 낙하산을 날리면 곤란하지 않겠나?

성훈이 말을 이었다.

"곽 이사님까지 포함해서 말씀드리는 거예요."

양 이사가 손바닥을 마주쳤다.

"그렇지. 곽 이사가 있었지. 그걸 깜빡했네."

웃다가 머리가 쭈뼛 섰다.

'이 녀석. 이미 계산기 두드렸네. 휴.'

좋은 인재를 다른 곳에 빼앗기는 것보다는 확실하게 하는 것이 낫지 않은가?

어차피 시험이라는 절차도 인재를 가려내기 위한 것이지, 학생들에게 기회를 주기 위한 것이 아니질 않던가?

적어도 회사의 입장에서는 말이다.

'허투루 사람을 뽑을 녀석도 아니고.'

양 이사가 너털웃음을 터뜨렸다.

"그럼! 당연하지. 인재나 잘 보내줘."

"형식은 학생회 승인을 받는 걸로 하세요."

"알았어. 어! 쉬는 시간 끝났다."

양 이사가 다시 강단으로 향했다.

민수가 넌지시 물었다.

"형. 다른 곳에도 인맥이 있었어요?"

"없지. 아직은."

"그런데 왜 양 이사님께 그런 말을 하셨어요?"

'너도 똑같은 생각을 했나 보구나. 녀석.'

민수에게 뻔뻔스럽게 대답했다.

"앞으로 만들면 돼."

민수가 어이없는 표정을 지었지만 곧 고개를 끄덕였다.

"그러고 보니까, 현재건설하고 인연을 맺은 것도 고작 일 년 정도밖에는 되지 않았네요. 현재에서 우리 설계도를 사간 게 작년 이맘때니까요."

단 일 년 만에 현재건설의 이사들을 오라 가라 하는 사람이 되었는데, 다른 곳이라고 불가능하랴 하는 생각이 들지 않았을까 싶다.

"형 정도 실력이면 어디서든 모셔가려고 하겠죠. 인정해요."

그 말에 나도 허탈해졌다.

'이러다 진짜 사기꾼이 되겠는걸. 이것 참. 어떤 구라를 쳐도 다 먹히니.'

양 이사가 설명을 시작했다.

"궁금하실 테니, 아까 하다 말았던 특전을 먼저 말씀드리겠습니다. 특별히 우수한 활약을 한 몇 분은 현재건설에서 시험 없이 바로 채용하겠습니다."

쉬는 시간 내내 학생들의 관심사는 '특전이 과연 뭘까?'였던 모양이었다.

대상 수상 시 5%의 가산점이 붙는데, 거기에 특전까지 붙는다면 현재건설의 입사 가능성은 기하급수적으로 높아질 게 뻔했다.

학생들의 궁금증이 높아지지 않을 수가 없었으리라.

그런데 바로 채용이라니, 술렁이지 않을 수 없었다.

"그럼 그 활약에 대한 평가 기준이 뭡니까?"

양 이사가 말했다.

"당연히 과정을 옆에서 지켜본 사람이 평가를 내릴 것입니다."

성질 급한 한 학생이 물었다.

"그럼 부회장인 민수 학우가 평가하는 겁니까?"

"그 권한은 학생회에게 넘기고자 합니다."

어차피 학생회의 최종 결재권자는 나였으니, 단어가 바뀌는 건 문제가 되지 않았다.

한 학우가 의문을 제기했다.

아직 박람회 준비가 어떻게 되어 가는지 모르는 참가자 같았다. 단지 현재건설의 취업 설명회로 알고 참가한 학우로 보였다.

"이사님. 그 말씀은 좀 어폐가 있는 것 같습니다."

"무슨 어폐가 있다는 겁니까?"

"왜 평가를 교수님들이 아니라, 학생회에서 하는 겁니까?"

다른 이도 발언했다.

"그렇습니다. 동등한 입장의 학생이 다른 학생을 평가한다는 것은 불공평합니다."

그 모습을 보던 민수가 눈살을 찌푸렸다.

"형. 저 친구는 착각이 심하네요."

"그러게. 사회의 쓴맛을 한 번이라도 봤다면 저런 말이 안 나올 텐데."

인턴을 평가하는 것은 평사원이고, 평사원은 그의 상사가 평가한다.

그 나이 차이는 고작 5살을 넘지 않는다.

그들 또한 모두 같은 사원이다.

왜 교수만 평가할 수 있다고 생각할까?

곧 학생이 교수를 평가하는 시대도 올 텐데.

민수가 씁쓸하게 입맛을 다시며 말했다.

"중요한 건 '누가 평가하느냐?'가 아니라, '자신이 어떤 평가를 받는가?'인데 말이죠."

"쩝. 누가 양 이사님을 불렀는지 모르는 거지? 그리고 방금 말한 자식 얼굴 잘 기억해 둬. 처음 녀석은 몰라서 그랬다고 쳐도, 저놈은 들이면 분란만 일으킬 놈이니까."

민수가 고개를 끄덕였다.

"네, 알았어요."

내가 데리고 왔는데, 내 평가를 거부한다고? 너희들 좋으라고 데려온 줄 알아? 내가 필요해서 데려왔지?

"더 얘기를 끌 필요가 없겠다. 싫다는 놈은 안 하면 되는 거지. 정리 좀 하고 올게."

자리에서 일어났다.

그러자 옆에 있던 총장도 따라나섰다.

"같이 나가지. 저 친구에게는 내가 설명해야 할 것 같군."

총장과 보폭을 맞추며 물었다.

"누굽니까?"

"전기과 학생회장. 운동권이라네."

"강성입니까?"

"응. 게다가 말꼬리 잡는 걸 아주 좋아하는 친구지."

강단에 올라 양 이사에게 양해를 구하고, 마이크를 넘겨받았다.

"몇 가지 짚고 넘어갈 게 있어서 올라왔다네. 전기과 학생회장. 그렇게 흥분한 이유가 뭔가?"

"지금까지 학우들이 도와줬는데, 가장 중요한 특전에서는 우리의 의견을 무시하고, 오로지 건축과 학생회에서 결정하겠다는 발상은 형평성에 맞지 않습니다."

"음. 오해하는 게 있군. 박람회의 주체는 학교가 아니라 건축과라네."

"하지만 총장님의 계획이었고, 그에 따라 다른 과의 지원도 해주셨다고 알고 있습니다."

"어디서부터 말이 잘못 전해졌는지 모르겠지만 나는 박람회 참석을 명령한 게 아니야."

"그럼 건축과에서 그걸 왜 하는 겁니까?"

"박람회는 누구나 참석할 수 있어. 이건 내가 성훈 군에게 부탁한 거라네. 학교의 명예를 드높여 달라고 말일세."

"그럼 타 학과 학생들은 왜 지원 보낸 겁니까?"

"내 부탁을 들어줬으니, 나도 그의 부탁을 들어줘야지. 그래야 자네 말대로 형평성이 맞지 않겠나?"

총장도 말꼬리 잡는 것은 남 못지않았다.

"하지만 건축과를 위해서 다른 학우들은 그들의 시간을 희생당했습니다."

총장이 학생들을 두루두루 훑었다.

"지원해 주고 학점 못 받은 사람 있나?"

아무도 반응하는 사람이 없자, 전기과 회장에게 말했다.

"대가 없이 희생당한 사람은 없는 것 같아 보이는군."

"하지만 이번 건은 경우가……."

총장이 그의 말을 묵살하며 단언했다.

"이 박람회 건은 학교에서 도움을 줄 수 있어도, 건축학과에게 요구할 권리는 없다네. 잘되든 못되든 오로지 건축학과가 감당할 몫인 게지. 그러니 그 결정권 또한 그들에게 있는 것이 맞다고 생각되네."

총장은 말을 끝내고, 내게 마이크를 건넸다.

말싸움에서 지고, 전기회장의 얼굴이 붉게 달아올랐다.

"총장님, 하지만 우리는 그런 불공평한 평가를 인정할 수 없습니다."

단상을 내려가다가 총장이 뒤돌아섰다.

"총장님, 이제 내려가 계세요. 나머진 제가 정리할 게요."

그리고 그에게 물었다.

"우리? 누구를 말하는 겁니까?"

그가 호기롭게 말했다.

"학우들 전체를 말하는 거요."

뭘 근거로 그렇게 확신할까?

하지만 이미 한 번 솎아낸 이력이 있는데, 두 번은 일도 아니었다.

'미안하지만, 나도 확신이 있지. 여기 모인 친구들이 모두 너 같은 생각은 아닐 거라고.'

군중들을 향해 물었다.

"우리 학생회의 평가가 불공정하다고 생각하는 분들은 손들어 의사를 표시해 주십시오."

40% 정도의 학생들이 손을 들었다.

그것에 힘을 받았음인가?

전기과 회장이 말했다.

"이래도 건축과 학생회에서 평가를 하겠다는 말이 나옵니까?"

그 말에 피식 웃으며 말했다.

"지금 손드신 분들은 조용히 나가주십시오."

"네?"

당황한 그를 보며 말을 이었다.

"저는 제 생각에 호응해 주시는 분들로 충분합니다. 하고자 하는 의지가 없는 사람들은 그 자체로 다른 학생들에게 방해가 되니까요."

"진심으로 하는 말입니까?"

기회를 줘도 못 먹는데, 나보고 어쩌라고!

고개를 크게 끄덕이며, 나가는 문을 가리켰다.

"민수야. 손님들 나가신다. 문 열어드려."

민수의 지시에 체육관 문이 환하게 열렸다.

그사이 올라와 있던 손들도 하나둘 아래로 사라졌다.

"두고 봅시다. 이 일은 그냥 넘어가지 않을 테니."

그는 다른 사람들도 선동하다가, 통하지 않자 자기 패거리를 끌고 나가버렸다.

민수가 우려되는 듯 걱정했다.

"형. 생각보다 많이 나가는데요?"

거의 30% 정도의 자리가 비어버렸다.

"괜찮아. 어차피 다시 채워질 자리야."

남아 있는 학생들이나 잘 챙기는 게 훨씬 이득이었다.

이들은 하고자 하는 열의가 있었으니까.

남은 군중을 향해서 말했다.

"박람회는 건축학과에서 주관하는 일입니다. 그리고 그 주체는 우리 학생회입니다. 그럼에도 다른 이의 평가를 받고 그들의 의견에 따라 방향을 이리저리 틀어야 한다면 차라리 하지 않는 것이 낫습니다."

양 이사를 바라보며 물었다.

"만약 건축학과가 아닌 다른 과에서 한다면 현재에서는 여전히 이 조건으로 지원하시겠습니까?"

양 이사가 못 들을 말을 들은 듯, 인상을 찌그러뜨렸다.

"무슨 그런! 말도 안 되는 소리를 하는 겁니까? 학생회장! 건축과 관련이 없는데, 우리가 투자할 이유가 없지 않습니까?"

그리고 양 이사가 군중들에게 설명했다.

"여러분이 오해를 하시는 것이 있습니다."

사람들의 시선이 집중되었다.

"이번 취업 지원 안은 우리가 생각해 낸 것이 아닙니다."

현재건설을 대표하는 양 이사의 말이니만큼 그 무게가 달랐다.

"우리는 여기 건축학과 학생회장! 김성훈 군의 제안 때문에 여기 온 겁니다. 이번 박람회에서 나오는 결과물로 현재와 협업을 하겠다고 말입니다. 그리고 또 한 가지. 이런 제안은 우리 현재건설로서는 이례적인 것입니다. 왜냐고요? 지금까지 성훈 군처럼 신뢰를 준 인물은 단 한 사람도 없었으니까요."

설명회가 끝났지만 학생들은 아직 돌아가지 않았다.

"햐! 결국 학생회장이 현재건설을 불렀다는 거네."

"진규야. 바보냐? 현재건설 이사가 학생회장이 오란다고 오겠냐?"

"너야말로 졸았냐? 그럼 저 이사님이 거짓말하는 거냐? 왜?"

반문했던 학생이 할 말을 잃었다.

진규는 박람회 팀에서 이탈하지 않고 남은 멤버였다.

"하지만 학생회에서 평가하는 건 마찬가지잖아. 그렇지 않아? 진규야."

"특전, 말하는 거야?"

"그래. 특전!"

진규가 그에게 빈정거렸다.

"너희들 뭔가 잊고 있는 게 있군."

"넌 뭘 그렇게 많이 안다고 잘난 체냐?"

"잘 생각해 봐! 대상 수상 시, 가산점이 5%야. 그 정도면 SKY대생도 가뿐하게 제칠 수 있는 점수라고."

"그렇구나. 95점만 맞아도 100점이 되는 거니까!"

진규가 말을 이었다.

"특전은 몇 명만 선택되는 거지만, 가산점은 박람회에 참가한 모든 학생에게 해당되지. 대상에서 오는 가산점 자체가 우리한테는 특전이라고."

특전이 너무 압도적이라, 가려서 보이지 않았을 뿐, 기본적인 조건 자체도 상당히 좋았다.

"진짜네? 진규야. 우리 열심히 해서 박람회 팀에 들어가자."

"난 이미 거기 멤버야. 민수가 그러는데, 결원들만 보충할 거래."

"뭐야? 그럼 이탈했던 멤버도 다시 도전할 수 있는 거야?"

진규가 고개를 저었다.

"그건 어려울 거다."

"왜?"

"학생회장이 보기보다 쫌생이야. 원한은 절대 잊지 않지."

"크윽. 나도 진작 들어갈걸."

"이미 늦었지만, 노력해 봐. 한 번 나간 사람들보다는 좋잖아? 기회라도 있으니까. 나 또 박람회 회의 있어서 가봐야 한다. 수고해!"

웅성거림은 여전했지만 이미 분위기는 돌아섰다.

'특전 안 받아도 돼! 대상만 타도 충분해!'로.

최선을 다해서 대상만 타면, 누구나 선망하는 현재건설에
의 문이 활짝 열린다.

가산점이라는 프리미엄에 의해서.

총장이 의기양양하게 말했다.

"이것 보게나. 내가 뭐라고 했나?"

"총장님의 선견지명을 제가 헤아리지 못하고 쓸데없는 걱
정을 했던 것 같습니다."

비서가 총장을 우러러보았다.

"저 사람들은 내가 부른다고 올 사람들이 아니거든."

"그걸 일개 학생이 불러왔다니, 대단하군요."

"그래. 그게 가능한 사람이 저 녀석이야."

성훈을 눈짓으로 가리키며 말을 이었다.

"저것 봐. 지금도 매의 눈으로 살피고 있잖아. 괜찮은 놈
이 있는지."

"그렇군요. 매섭네요."

"저 눈에 걸리면 도망 못 가. 이번에 컴퓨터과 애들 문제
도 처리했다고 하더군."

"아! 계약 문제로 고생한다고 했었던……."

"그래."

"무슨 수로 그런 일을 해결했답니까?"

"해결이 아니라, 아예 그걸 사버렸더군. 녀석은 숨긴다고 숨기는 모양이지만……."

"네? 그걸 샀다고요? 그게 얼만데……."

"흐흐흐. 난 놈이지."

비서는 눈을 비빌 수밖에 없었다.

"아! 그러고 보니 카마로를 굴리던데, 다 이유가 있었네요."

'쯧쯧. 그게 아닌데.'

하지만 총장은 굳이 해명할 필요를 느끼지 못했다. 대신 열기로 가득한 학생들을 흐뭇하게 바라보며 말했다.

"내가 올 초에 그랬잖나. 이번 건축과 학생회장은 보통 인물이 아니라고."

비서의 어깨를 두드리며 말을 이었다.

"어때? 내 말이 틀렸나?"

양 이사가 돌아가고, 설명회는 끝났다.

서서히 줄어드는 사람들을 보며, 자리에서 일어났다.

"민수야. 아무래도 우리 도우미 모집 방식을 바꿔야 되겠어."

지금까지는 교수들의 추천을 받은 학생들을 그대로 받아

들였었다.

"네? 그럼 교수 추천을 안 받겠다는 말이에요?"

"그럴 수는 없지. 내가 각 학과의 재원들을 몽땅 파악할 수는 없잖아. 실력과 인망이 어떻게 되는지도 파악하기 어렵고."

"무슨 말인지 이해가 안 되네요."

"추천받기는 하되, 우리 쪽에서 최종 면접을 봐야겠어. 그러니까 사람들 좀 넉넉하게 보내라고 각 과에 공문 띄워."

"엥? 어떻게 면접을 봐요. 당장 전기과만 해도, 우리가 플래밍의 왼손, 오른손 말고 아는 게 뭐가 있다고."

알아야 면장도 한다고, 아는 게 없는데 그 학생들을 어떻게 평가할 거냐는 말이었다.

"잘 아는 사람을 불러오면 돼."

'주변 사람을 활용하는 것도 능력이라고.'

"말은 되는 소리지만, 그렇다고 각 학과의 교수들을 앉혀 봐야, 그 나물에 그 밥일 거예요."

"그건 내가 알아서 부를게."

민수는 아직 생각이 미치지 못한 모양이지만, 내게는 스타타워를 끝내고 현장 마무리를 하고 있는 전문가들이 많았다. 실무로 치자면, 교수 저리 가라 할 정도의 사람들이 말이다.

민수가 내 의견에 우려를 표했다.

"그리고 우리가 학생들 면접을 보는 것에 대해서도 교수들은 탐탁지 않아 할 걸요. 이미 학생회들의 반발을 산 마당인데, 굳이 교수들까지 적으로 만들 필요가 있을까요?"

당연한 말이겠지.

지금까지 학생의 추천은 교수들의 능력을 보이는 것이었고, 학생들을 통솔해가는 큰 힘이었을 것이다.

그런데 교수가 추천한 것을 다시 학생회에서 면접을 보겠다는 말은 교수들의 안목을 신뢰할 수 없다는 말과 동일하며, 그들의 추천이 절대적인 권력을 잃는다는 의미로 보일 것이다.

"그래도 이번에는 양보 못 해. 교수들 믿고 맡겼다가 이런 일이 벌어진 거잖아."

실력보다는 자신이 좋아하는 학생, 자신에게 잘 보인 사람들을 위주로 보낸 것이다.

학점을 좀 더 주려는 목적으로 말이다.

"난 말이야. 학점 따위는 이미 다 따놔서 필요 없는 사람이 필요하다고."

"그런 사람들이라면, 졸업 준비생 중에서도 우수한 레벨이잖아요. 이미 취직 자리가 정해져 있을 텐데."

"그럼 어때? 비교해 볼 수 있겠지. 혹시 알아? 특전을 노리고 올지도 모르고."

현재건설보다 더 좋은 조건을 제시한 곳이 있다면, 그곳으로 가면 그만!

"하지만 교수들과 다툼이 생기면 그들이 거부하지 않을까요?"

민수의 우려에 코웃음을 쳤다.

"흥. 이보다 좋은 조건 제시하는 교수 있으면 나와 보라고 해. 교수 추천으로 회사에 밀어 넣는 것도 한두 명이지."

당당한 내 말이 민수가 말없이 웃었다.

"이번에는 구미가 확 당기는 조건을 제시했으니, 내가 고르고 싶은 사람을 골라야지. 싫으면 말고!"

"이번에는 누구를 불러서 해결하시게요?

"부르지 않아도 그쪽에서 직접 찾아올 거야."

의기양양한 총장과 달리, 비서는 걱정스러운 얼굴이었다.

"총장님. 아직도 두 달이라는 시간이 남아 있는데, 처음부터 이렇게 삐걱거리면 문제가 심각하지 않겠습니까?"

하지만 여전히 총장은 미소를 머금고 있었다.

"걱정하지 말게나."

"이런 상황인데 어찌 걱정이 안 되겠습니까? 애초에 학생에게 전권을 맡겨둔 것이 잘못이 아니었나 하는 우려가 생길 지경입니다."

"성훈 군 얼굴이 보이나?"

"네. 보입니다."

"당황한 것처럼 보이나?"

총장의 말에 성훈을 보니, 당황이나 걱정의 기색은 전혀 없었다.

헛기침을 하며 대답했다.

"흠흠. 그런 것 같지는 않군요."

"저놈은 오히려 코웃음을 치고 있을 거야. 지금 나간 녀석들이 언제 잘못을 빌며 찾아올 것인가를 계산하고 있겠지. 결국은 시간문제라네."

총장의 무한 신뢰에 한숨 섞인 웃음이 나왔다.

'밖으로 나가버린 수백 명을 상대로 배짱을 부리는 학생회장이나, 그런 상황에서도 눈 깜짝하지 않고 성훈을 믿는 총장이나, 휴. 둘 다 만만치 않은 사람들이군.'

"하지만 저는 걱정이 되는군요."

총장이 상황을 주시하며 말을 이었다.

"지금 상황만 보기에는 전기과 학생회장이 상황을 주도하고 있는 것처럼 보이겠지만, 그건 큰 오산이야."

"왜 그렇습니까?"

"애초에 열쇠는 성훈 군이 다 가지고 있거든. 그것도 모든 학생들이 원하는 '취업의 열쇠'가 담긴 보물 상자란 말일세."

비서가 반문했다.

"하지만 전기과 회장도 무슨 생각이 있었기에, 학생들을 끌고 나간 것 아닐까요?"

"아니야. 그 녀석은 다수결이 민주주의의 절대 원칙이라 철저히 믿는 놈이야. 어떻게든 사람을 선동해서 다수결로 끌고 가려 하지."

'틀린 말은 아니지 않습니까?'라고 반문하려는데, 총장이 말을 이었다.

"그것이 옳든 그르든 그건 전혀 관심이 없어. 그저 제 목적만 생각하는 속 좁은 녀석이지."

'아하. 저 말을 하려고 하셨구나.'

언변은 좋으나, 비전과 능력은 없는 지도자가 이런 경우에 속할 것이다.

"그럼 이번에도 사람을 모아오는 걸까요?"

"그럴 수도 있겠네. 하지만 성훈 군에게는 아무런 타격도 줄 수 없을 거야. 오히려 피해자만 양산할 뿐이지."

"성훈 군을 이길 수 없을 거라 확신하시는군요?"

총장이 고개를 끄덕였다.

"이건 다수결이 아니거든. 오히려 소수만이 선택되는 거니까."

한국의 직장 생활에 다수결이 존재하기나 할까? 상명하복이라면 몰라도.

"여담입니다만, 거수를 한 사람이 과반수가 넘었다면 어떻게 되었을까요?"

총장이 가당찮다는 표정으로 말했다.

"어떻게 되었을 거라고 생각하나?"

그 표정이 이미 말하고 있는데, 무슨 답을 기대할까?

"저 녀석은 가는 놈은 안 붙잡지만, 갔다가 다시 돌아온다고 해도 그냥은 안 받아."

"저라도 열 받아서 안 받을 것 같군요."

저 좋을 대로 상황을 해석하고, 거기에 타인을 맞추라고 한다면, 누가 동의할 것인가?

"내 생각에는 전기과 회장에게 더 큰 선물을 들고 올 능력이 없다면, 이 상황을 역전시킨다는 건 불가능하다네. 과연 그가 현재건설보다 더 좋은 답안을 들고 올 수 있을까?"

그건 이미 답이 나와 있었다.

비서가 고개를 저었다.

"어렵겠죠."

총장은 단호했다.

"틀렸어!"

"네?"

"어려운 게 아니라, 불가능해! 양 이사 같은 사람은 나도 움직일 수가 없어. 애초에 우리는 을, 저들이 갑이니 말일세."

갑을은 누가 더 갈급하냐에 따라 정해진다.

아무리 인간 이하의 취급을 당하더라도, 그것 외에 선택의 여지가 없다면 그런 취급이라도 감수하고 생계를 유지해야 한다.

학교의 생계는 졸업생들을 얼마나 잘 취직시키느냐에 달려있다.

현재건설은 하나지만, 학교는 널리고 널렸다.

누가 더 아쉬울까?

'보는 눈만 없다면 저 녀석을 안아주고 싶다네.'

얼마나 예쁜가?

시키지도 않았는데, 학생들의 취업의 길을 넓혀 주다니.

왜 힘들여서 SKY대를 가는가?

현재그룹 같은 대기업에 입사하기 위함인데.

'이런 게 연례행사가 된다면 더 바랄 것이 없겠지만, 그건 안 되겠지?'

총장은 아쉬움을 삼키며 자리에서 일어났다.

"조금만 기다려 보게. 금방 승부가 날 테니. 아니 어쩌면 오늘 당장 승부가 날지도 모르지. 저런 철부지들이 성훈 군을 이긴다는 건 만분의 일 확률도 안 된다네."

체육관의 사람들도 하나둘 빠져나갔다.

"진규야. 면접이라도 보려면 교수 추천을 받아야겠지? 그러면 교수님들한테 싸바싸바 잘하면 되지 않을까?"

"그러면 교수 추천은 받을 수 있겠지. 그래도 내 생각에는 쉽지 않을 것 같아."

"왜? 일차 지원 때는 거의 대부분 교수 추천으로 이뤄졌잖아."

"확실히 그때는 그랬지. 그런데 그게 마음에 안 들어서 애들 내보낸 거거든."

예상치 못한 말에 친구가 의혹을 던졌다.

"내보냈다고? 걔들이 싫다고 나온 거잖아."

"너 저 사람에 대해서 아무것도 모르는구나?"

"뭘?"

"그가 과연 불만이 있는 걸 몰랐을까?"

"그럼 알고 있으면서도 방치했다고? 왜?"

진규가 확신에 찬 눈으로 고개를 끄덕였다.

"학생회장이 핫바지라고? 그건 개뿔도 모르는 놈이 하는 소리야. 건축과에서 학생회장의 눈을 벗어나는 건 없다고 봐도 돼!"

"그럼 왜 방치한 건데?"

"억지로 쫓아내면 일이 커지니까, 제 발로 걸어 나가길 기다린 거지."

그의 친구도 동의했다.

대책이 없었다면, 넋 놓고 당했다고 할 수 있겠지만, 지금의 상황을 보라.

누가 이것을 당했다고 생각할 것인가?

지금쯤 이탈한 사람들을 땅을 치고 후회하고 있을 텐데.

오히려 그런 분위기를 조장했다는 것이 훨씬 더 신빙성이 있으리라.

"하긴 기다렸다는 듯이 현재건설에서 사람이 나왔으니.

왠지 네 말에 믿음이 가네."

"그럼 전 학교 학생들이 그 학생회장의 손에서 놀아났다는 말이네.

그 말에 진규가 동의했다.

"아마 앞으로도 자유롭기는 어려울 거야. 이번엔 그저 그가 현재건설을 움직일 수 있는 능력자라는 걸 확인한 것뿐이야."

"진규야. 그런데 교수 추천을 받아도 힘들 거라는 말은 뭐냐?"

"교수 추천을 받아온 친구들이 다들 고만고만했거든. 학점에 목마른 친구들이었으니까."

"그야 당연한 거 아니야? 학점을 부상으로 내걸었으니까."

"학점 관리를 잘한 선배들은 거기 지원 안 했지. 취업만으로도 정신이 없는데, 겨우 몇 학점 더 받겠다고 거길 갈 리가 없잖아. 교수들도 선배들에게 말하지 않았고."

"그 말도 일리가 있군."

"너야 못 봤으니 모르지만, 진짜 실력 있는 선배들은 코빼기도 안 보였다고. 그런데 선배들이 이 소식을 들었다? 어떻게 반응할 거 같냐?"

어중이떠중이가 아닌, 진짜 일류 현재건설의 5% 가산점! 그리고 특전.

"목숨 걸고 뛰어들겠지! 아! 죽겠네. 내가 그 선배들을 어떻게 이겨."

진규는 머리를 쥐어뜯는 친구를 위로했다.

"그렇지. 그 선배들한테도 현재건설은 로망일 거라고."

재계에서 수위를 다투는 거대 그룹에 건설업계 인지도 1
위의 기업. 현재건설.

친구는 갈등이 끝난 듯, 머리를 정리했다.

"하긴 누가 그러더라. 대기업이냐 아니냐에 따라서 신부
의 얼굴과 처가가 바뀐다고."

친구가 한숨을 쉬며 말했다.

"햐! 그나저나 경쟁률이 엄청 치열하겠는데?"

"응. 어쩌면 현재 입사하는 것보다 더 치열할지도 모르지.
대상만 타면 현재건설로의 비단길이 깔리니까."

"그래도 교수들이 가만히 있지 않을 텐데. 그분들이 얼마
나 권위주의적인데."

"그 사람이라면 또 무슨 수를 내겠지. 이미 어떻게 할지
결정해 뒀을지도 모르고. 은근히 기대되지 않냐? 무슨 수로
그걸 극복할지."

한 교수에게서 연락이 왔다.

"전기과 학과장이 나를 찾아왔더구나. 너한테 잘 좀 이야

기해 달라고 말이다."

"그래서 어떻게 하셨어요?"

한 교수의 웃는 소리가 들렸다.

"어쩌긴 뭘 어쩌겠니? 나한테 결정권이 없다면서 네 쪽으로 보냈다. 곧 그리 갈 테니까, 잘 알아서 처리해라."

한 교수의 말이 이어졌다.

"그분도 제자들 잘되길 바라서 저러는 건데. 아무리 그래도 너한테 고개 숙이기가 쉽겠어? 너무 강하게 나가지 말고. 적당히 해서 네 편으로 끌어들여라. 좋은 기회잖니."

"제가 뭘 할 줄 알고 그러세요?"

한 교수가 코웃음 쳤다.

"내가 널 하루 이틀 봐왔어? 항상 정면 승부만이 답이 아니야. 그리고 이제 남은 시간도 얼마 없으니, 이제 본 작업 들어가야지. 언제까지 세력 싸움만 하고 있을 생각이냐?"

'그냥 알았다고 할걸.'

괜히 물어봐서 잔소리만 들었네.

"명심하겠습니다. 교수님. 걱정 마십시오."

67장
자체 면접

전기공학과 학과장이 학생회실을 찾아왔다.

반백의 곱슬머리를 37가르마로 깔끔하게 빗어 넘긴 중년의 신사였다.

"학과장님. 예까지 웬일이십니까?"

일어서서 맞이하는데, 그는 들어서자마자 사과의 말부터 꺼냈다.

"전기과 권 교수라네. 성훈 군. 미안하게 되었어. 일부러 현재건설 이사를 불러왔건만, 우리 학과 녀석이 분위기를 모르고 제 할 말만 한 모양이더군. 다 내 부덕의 소치라네."

어른이 이렇게 사과를 하고 들어오면 나오던 화도 들어가게 마련이다.

'어쨌거나 이야기할 준비가 되었군.'

마주 인사하며 맞이했다.

"그게 어디 교수님의 잘못이겠습니까?"

"자네를 볼 면목도 없지만, 염치 불구하고 내 이리 찾아왔다네."

'그런데 학생회장도 같이 왔다더니 어디 있는 거지?'

소파로 안내하며 뒤를 힐끔 보자, 내 눈치를 알아챘던 모양이다.

"아까 사고 친 녀석도 같이 데리고 왔다네. 녀석! 염치는 있는 모양이지."

그러고는 문 쪽으로 버럭 고함을 질렀다.

"이놈아! 안 들어오고 뭐 하는 거냐?"

잠시 뒤 삐죽거리며 모습을 드러낸 전기과 학생회장에게 호통을 쳤다.

"얼른 사과 안 해? 지금 네 선배들이 너 하나 때문에 얼마나 피해를 본 줄 알아?"

전기 회장은 아까의 당당한 모습과는 달리, 어깨가 축 처져서 기죽은 모습이었다.

'한 방 들이받으려고 했는데, 상대가 이래서야.'

권 교수에게 물었다.

"그사이 무슨 일이라도 있었습니까?"

"별일 아니네. 선배들한테 한 소리 들은 모양일세. 자네도 알다시피 학생회가 군기가 좀 세잖나. 자네들도 그런 걸로 알고 있네만."

그 말에 동의할 수 없었다.

"누가 그럽니까? 우리 과는 지극히 민주적입니다. 다른 학과와 비교하시면 안 됩니다."

"그런가? 우리 학교에서 가장 군기가 세다는 소문을 들었는데, 내가 잘못 알았나 보군."

'당연하죠. 우리 과보다 평화적으로 해결하는 곳이 또 있을라구?'

싸움 자체가 없는데, 당연히 평화롭지 않겠는가?

뒤를 보며 동의를 구하려는데, 민수와 다른 녀석들이 권 교수의 말에 공감하는 듯 고개를 주억거리고 있었다.

'이것들을 사람 무안하게! 좀 더 빡세게 굴려야겠군.'

권 교수에게 미소를 지으며 말했다.

"저희도 항상 대화로 일을 해결합니다."

"큼. 그렇게 믿겠네. 크흠."

권 교수가 사레들린 듯, 연신 헛기침을 해댔다.

민수들을 향해 말했다.

"손님이 왔는데, 차라도 한 잔 내와야지. 뭐하러 멀뚱거리고 서 있냐!"

임원들이 부산하게 움직였다.

'음. 어색하군.'

화제를 바꿀 필요가 있었다.

차가 나오고, 권 교수에게 말했다.

"오전에 있었던 일 때문에 신경 쓰여서 오신 거군요."

"실은 그렇다네. 이 녀석이 아니라, 그 자리에 참석하지 못한 선배들을 생각해서라도 기분 나쁜 게 있다면 풀고 넘어 가세나."

무슨 말을 듣고 왔는지, 나를 달래려고 열성적이었다.

"걱정하지 마십시오. 잠깐의 감정 때문에 대세를 망치는 일은 없을 겁니다."

"그래야지. 자네라면 그럴 줄 알았네. 고마우이."

권 교수가 옆에 앉은 학생회장을 쿡 찌르며, 다시 한 번 머리를 숙였다.

성훈도 가만히 받고 있을 수는 없어서, 같이 맞절을 했다.

"박람회를 하는 데 도움이 될 수 있는 거라면, 뭐든지 말하게. 최선을 다해서 돕겠네."

그 말에 나도 모르게 입술이 말려 올라갔다.

'드디어 듣고 싶은 말이 나왔군요. 교수님.'

"그래주신다면 저희야 감사할 따름이지요."

상황이 잘 풀려가자, 권 교수도 기분이 좋은지 농담을 건 넸다.

"우리 과는 아무 걱정 말게. 열 명이든 백 명이든 자네가 원하는 만큼 넣어주겠네."

지금의 경우는 다다익선이니, 농담처럼 말했지만 최대한 많이 넣고 싶었으리라.

'어딜 은근슬쩍. 넉살이 좋은 분이네.'

"그렇게까지야 필요하겠습니까?"

그가 너털웃음을 보이며 손사래를 쳤다.

"말이 그렇다는 거지. 이번 도우미 선발에 있어서도 우리 과 최고의 인재를 집어넣도록 하겠네. 이번 일로 생긴 섭섭함은 기억에서 지워주게."

"지난 일은 신경 쓰지 않으셔도 괜찮습니다. 저도 그런 일로 전기과를 어떻게 할 생각은 없었습니다."

"그랬었나?"

"전기가 건축에서 얼마나 중요한 비중을 차지하는데 빼겠습니까?"

권 교수는 손을 마주치며 맞장구쳤다.

"그렇지. 나는 혹시나 자네가 억한 심정을 가질까봐서 노파심에 가슴이 조마조마했다네."

여기로 오면서 얼마나 가슴을 졸였던가?

만약 박람회의 도우미 인원이 타 학과에 비해 압도적으로 적다면, 현재건설에의 입사 가능성도 극악하게 줄어든다.

'그건 시작에 불과하지.'

당장 취업이 급한 제자들은 스승의 무능을 원망할 것이며, 총장의 잔소리를 감내해야 하며, 다음해 신입생들의 질을 걱정해야 한다.

작금의 사대와 내년의 신입생이 무슨 상관이 있느냐고?

'IMF 이후, 명문 대학의 기준이 급변했다는 말이지.'

전통에서 취업률로.

취업 잘되는 대학이 곧 명문대였다.

취업률이 낮다고 낙인찍힌 과는 입학경쟁률이 떨어지고, 좋은 인재를 받아들이지 못한다.

그리고 그것의 악순환만이 반복된다.

실력이 떨어지니 취업이 안 되고, 취업이 안 되니 능력 있는 인재가 들어오지 않고. 그렇게 마이너스 반복을 되풀이하다가 최종적으로는 과가 폐지된다.

권 교수가 속으로 안도의 한숨을 내뱉었다.

'휴! 일단 최악의 경우는 모면했군.'

서로 간의 인사치례가 끝났다.

이제 본론으로 들어갈 시간.

권 교수에게 차를 권했다.

"그렇지 않아도 조만간 교수님을 찾아뵈려고 했습니다."

"무슨 일로 말인가?"

"실은 이번에 도우미 모집 방법을 좀 바꿔 보려고 하는데, 교수님의 조언을 구하고 싶었거든요."

"방법을 바꿔? 어떻게 말인가?"

"추천해 주신 도우미들을 우리 학생회에서 최종 면접을 보려고 합니다."

그 말을 끝내자마자 바로 첨언했다.

'불필요한 오해는 만들 필요가 없지.'

"물론 교수님들의 안목을 믿지 못해서는 아닙니다."

"흠. 나도 그렇게 믿고 싶다네."

나를 흘기며 권 교수가 넌지시 물었다.

"성훈 군. 혹시 그 면접이라는 게 우리 과만 보는 건 아니겠지?"

"당연하죠. 그러면 제가 전기과에 앙심이 있는 것처럼 보이지 않겠습니까? 애초에 그럴 마음은 없었습니다."

그제야 눈동자에 의혹이 사라졌다.

권 교수가 웃으며 말을 이었다.

"이번처럼 특이한 경우에는 그에 따른 특별한 해법이 필요하겠지."

'말하기 좋네. 내 생각을 미리 이야기해 주니.'

그러면서도 경계심이 생겼다.

인생의 연륜이란 예상치 않은 곳에서 툭툭 튀어나온다. 완전히 생각을 읽혔다고나 할까?

학과장들 사이에서 비중이 있다더니, 괜히 그런 말이 나온 것은 아닌 모양이었다.

"아마 이런 경우는 드물었겠지요?"

"거의 없었지. 학교가 배경인 이상, 교수들의 의견이 묵살되는 경우는 드물지 않겠나?"

묵살을 말하는 그를 달래며 말했다.

"이번에 한해서는 이렇게 해야 할 것 같습니다."

"납득한 만한 이유를 들을 수 있을까?"

"우리의 목표는 박람회이지만. 또 한편으로는 현재건설과의 승부가 될 겁니다."

"어째서 그런가?"

"여기서 좋은 결과를 내고 현재건설에서도 협업을 할 좋은 아이템이 생긴다면, 다음 해에도 이런 종류의 제안을 할 수 있을 겁니다."

권 교수의 눈이 반짝 빛났다.

"취업 지원 5%의 가산점이 이번 한 번으로 끝나지 않을 수도 있다는 소리인가?"

"장담할 수는 없습니다. 하지만 이번 결과로 인해 현재건설이 만족할 만한 결과를 얻는다면, 다음 해에는 현재 쪽에서 먼저 제안을 하지 않겠습니까? 그럴 명분도 있구요."

권 교수가 찻잔을 들며 말했다.

"듣고 보니 그럴싸하군. 현재 쪽에서 선심 쓰듯이 취업 지원을 하겠다고 나설 수도 있겠고. 그러자면 반드시 이번 결과가 좋아야겠군."

"그렇습니다. 현재 쪽에서 가져가는 것이 있어야 합니다. 적어도 투자하는 비용 이상의 소득은 거둬야겠죠."

이번 취업 지원은 단순히 산학협동이라고 말하는 것 이상의 의미가 있었다.

"그것과 자네가 면접을 보겠다는 것의 관계는?"

"저는 이 한 건으로 앞으로의 현재건설과의 관계를 만들어 갈 계획입니다. 그러려면 현재건설을 잘 알아야 하죠."

"그렇겠지."

당연한 말을 왜 하냐는 듯한 웃음이었다.

그를 직시하며 말했다.

"교수님."

"응? 왜 그러나?"

"저는 현재건설을 잘 압니다."

단호한 성훈의 말에 그도 고개를 주억거렸다.

권 교수가 보기에도 그랬으리라.

'잘 알고 있으니, 이런 자리를 마련할 수 있었겠지. 하지만 단지 안다는 것만으로 현재건설의 이사를 호출할 수 있을까?'

일반인의 상식으로는 불가능한 일이었다.

허나 불가능해 보이는 그 일을 분명히 성훈은 해냈다.

'다른 사람들이 모르는 게 분명히 있어. 그러니 저렇게 확신하는 거겠지. 그게 뭔지는 모르겠지만.'

생각하는 사이, 성훈의 말이 이어졌다.

"이번 박람회는 현재건설에 면접을 보는 것과 같습니다. '우리 대학은 이런 능력이 있다. 너희가 투자할 만한 가치가 충분히 있다'고 어필하는 거죠."

면접이라는 말에 권 교수가 웃음을 지었다.

"그 면접을 통과하기 위해서는, 현재를 잘 아는 자네가 계획하는 대로 움직여줄 팀을 꾸릴 필요가 있다. 이 말이겠지?"

"네. 정확한 지적이십니다. 이건 학생들의 솜씨 자랑과는 같은 선상에서 생각하시면 안 됩니다. 현재건설과의 승부입니다. 우리가 이긴다면, 앞으로도 계속 현재건설의 지원을 기대할 수 있을 겁니다."

권 교수가 물었다.

"자네는 확실히 성공할 자신이 있는가?"

"네. 이 작품은 제 학교 생활을 통틀어서 가장 우수한 작품이 될 겁니다."

아무런 실적이 없었다면, 젊은이의 객기로 치부했겠지만,

이미 성훈은 공모전 출품작을 현재건설에 팔면서 대박을 친 적이 있었다.

"패기가 좋군. 내가 할 수 있는 최선을 다해서 자네를 밀어주겠네."

"그럼 교수님께서 다른 교수님들을……."

그가 손가락을 내밀며 내 말을 끊었다.

"하지만 성훈 군. 이건 잘 선택해야 할 거네."

"어떤 것 말씀이십니까?"

"그걸 주장하는 건 자네가 되어야 할 걸세. 그러면 나는 뒤에서 지원을 해주지."

권 교수 입장에서는 그게 모양새가 좋기도 하며, 여차한 경우에는 몸을 빼기 쉬운 포지션이었다.

'은근히 내게 떠미시네. 영악한 양반!'

하지만 그의 말이 구구절절 옳았다.

약간의 비난을 받을 수는 있지만, 잘되었을 경우에는 모든 공이 내게 집중될 것이다.

'내가 너무 쉽게 가려고 했어.'

선택을 생각할 필요도 없었는데.

"미처 생각을 못 했습니다."

"아닐세. 내가 거론하는 방법도 분명히 있겠지. 하지만 분명히 의심을 살 걸세. 내가 자네와 작당을 한 것이 아니냐며. 이건 아마 한 교수도 입장이 비슷할 걸세."

오랜 교수생활의 처세가 돋보이는 말이었다.

"듣고 보니, 교수님의 말씀이 맞군요. 자칫하면 실수를 할 뻔했습니다."

"나와 친한 몇 사람은 설득해 두겠네."

"감사합니다."

그가 일어서며 말했다.

"성훈 군? 뻔뻔스럽게 들리겠지만, 우리 학과 정원은 좀 늘려줄 거지?"

농담처럼 툭 던지는 말에 뼈가 있었다.

'도와줄 테니, 챙겨 달라는 말이렷다?'

그의 말에 웃으면서 응수했다.

"불 들어오는 거 확인하구요."

건물 지어 놓으면 뭐하나?

불 안 들어오면 말짱 헛일이지.

물론 지금의 경우는 후불이니, 내게 선택권이 있었다.

"허허허. 전기 빵빵하게 넣어 줄 테니, 걱정하지 말게나."

권 교수와 악수를 하고 그를 마중했다.

전기과의 인원을 늘린다고 문제 될 것은 없었다.

'사실 이번 작품에는 전기과 인원들이 많이 필요하거든.'

총장에게 전화를 걸었다.

"총장님. 공대 학과장님들과 의논드리고 싶은 게 있습니다."

"지금쯤 그런 말이 나올 줄 알았네. 내일 오후에 학과장

회의가 있으니, 그때 참석하게. 내가 미리 얘기해 두겠네."

한 교수 사무실에 들렀다.

"부르셨어요? 교수님."

서류를 정리하던 그가 자리에서 나오며, 소파를 권했다.

"하고 싶은 말이 있어서 오라고 했어. 이리 앉아."

차를 타면서 내게 물었다.

"총장님께 학과장 회의에 참석한다는 말을 들었다."

"네. 맞아요. 꼭 드려야 할 말씀이 있었거든요."

내게 차를 내밀며 그가 자리에 앉았다.

"실은 그 건으로 염려가 되어서 불렀다."

"네?"

뜬금없이 불러서 염려라니.

한 교수가 내게 지금까지 단 한 번이라도 염려를 한 적이 있었던가?

나를 믿고 밀어줬다면 몰라도 말이다.

'그의 염려라면 귀담아들어야지.'

그의 눈을 직시하며 진지하게 말했다.

"말씀해 주세요. 명심할 테니."

"사실 너는 걱정을 끼치는 제자가 아니었어. 오히려 자랑거리지. 그리고 내게는 특별한 의미가 있기도 하고."

사실이 그랬다.

그의 말에 동의하며 고개를 끄덕였다.

한 교수가 차를 후후 불며 말했다.

마치 다른 사람 얘기하듯이.

"지금까지 넌 여러 사람들과 많은 갈등이 있었지."

'그랬던가?'

나랑 갈등이 있었던 사람이 있었나?

곰곰이 생각하니 몇 명이 머리에 떠올랐다.

우리 과의 박 교수, 진 교수 정도?

하지만 그는 내게 대답을 기대한 것은 아닌 모양이었다.

"그리고 넌 갈등을 항상 네 방식대로 해결하지. 부수고 돌파하는 식으로 말이야."

그 말에는 동의할 수 없었다.

'무슨 말씀을! 저도 나름대로 머리를 써서 해결한다고요.'

"하지만 별문제 없었잖아요."

그 말에 한 교수는 빙긋이 미소 지었다.

"결과적으로는 그렇지. 하지만 지금까지 너와 부딪쳐서 학교에 남아 있는 사람이 있니?"

"그게 무슨 말씀이세요?"

"크게 보면 우리 과의 박 교수와 진 교수가 있는데, 그 둘이 학교에 남아 있느냐는 말이지. 참! 전 학생회장도 있었군."

'아! 학생회장? 그 녀석도 있었군.'

하지만 내 나름대로는 마땅한 이유가 있었다.

"교수님. 그야 당연히 그 사람들이 떳떳지 못한 일을 했으니까."

"그러니까 말이다. 불의한 일을 했든 아니든, 지금 남아 있는 사람이 아무도 없으니까, 별문제가 되지 않은 거란 생각은 안 해봤니?"

"그렇게 생각할 수도 있겠죠."

심드렁하게 대답하는 네게 그가 말했다.

"결론은 누가 되었든 간에 너와 갈등이 생기면 안 된다는 거야. 적어도 학교에 남겨 놓으려면 말이다."

나를 빤히 쳐다보며, 한 교수가 말을 이었다.

"그리고 네가 지금의 학교를 네 배경으로 삼고, 활용하고 싶으면 말이야."

그 말에 어깨를 으쓱하며 물었다.

"그래서 어쩌라는 거예요?"

"그런데 이번에는 그 갈등의 주체가 학과장들이 될 것 같구나."

"그래서요?"

"그분들 몽땅 다 쫓아낼 생각이냐?"

"네?"

마땅히 대답할 말이 없었다.

"아까 말했다시피, 너랑 부딪치면 아무도 안 남는다고. 그리고 이번에는 위험 부담이 좀 크다."

"그렇다고······."

'그들이 하라는 대로 할 수는 없잖아요?'라는 말이 목구멍까지 치솟는데, 한 교수가 선수를 쳤다.

"성훈아. 그 이후의 대책을 생각해 놓은 게 있니?"

"······."

말없는 나를 보며 한 교수가 말했다.

"없을 걸. 항상 넌 먼저 부딪치고 나서 대책을 찾는 놈이잖냐? 그리고 그 대상이 아랫사람이든, 윗사람이든 별 상관을 안 하지."

작년부터 지금까지 내 삶을 간략하게 네 글자로 줄인다면, '좌충우돌'이라는 말로 함축시킬 수 있지 않을까?

하는 수 없이 또 고개를 주억거렸다.

"음. 그렇기는 하죠."

"넌 그들을 설득할 요량으로 이런 자리를 마련해 달라고 총장에게 요청을 했겠지."

"사실입니다."

"과연 갈등 없이 그들을 설득할 수 있을까?"

한 교수의 염려가 무엇인지 알 수 있었다.

"어렵겠죠."

사실이 그러하니, 반론의 여지가 없었다.

한 교수가 차를 마시며 말했다.

"하지만 이번에는 네가 이기든, 학과장들이 이기든 득보다는 실이 많을 것 같구나."

"그럼 교수님께서 저라면 어떻게 하실 것 같습니까?"

아무래도 한 교수 말이 맞았다.

도움을 구해야 할 입장에서 척을 진다면, 설령 그 학생들만 쓴다고 해도, 몇 년을 사사받은 교수님이 무시를 당했다는데, 기분 좋을 사람이 있을까?

'단지 숙이고 들어간다고 정답은 아닐 터!'

나는 한 교수에게 색다른 답을 원했다.

싸우지 않고도 목적을 달성할 수 있는 답을.

한 교수가 말했다.

"네가 아까 권 교수에게 했던 것처럼, 다른 교수들도 안고 가는 게 좋다고 생각한다. 물론 불미스러운 일이 생긴다면 나는 네 편에서 최선을 다할 거야."

"하지만 그게 정답일까요?"

"정답이 아닐지는 몰라도, 정답에 접근하는 가장 빠른 길이라는 건 너도 알고 있잖니?"

한 교수의 말이 이어졌다.

"사실은 총장님도, 권 교수도 많이 우려하고 있어. 아무리 취업 지원에 대한 권리를 네가 가지고 있다고 해도, 교수들의 신임을 잃어서는 네가 학교에서 얻으려고 하는 것의 절반도 얻지 못할 거야."

그의 말은 맞았다.

내가 학교의 교수진을 통째로 갈아엎을 수 있는 능력이 없는 한, 지금의 교수들에게 신임을 받는 것이 가장 빠른 길이었다.

'능력과 시간을 떠나서, 그들이 내 말에 동의하지 않는다는 이유로 그렇게 한다는 건 명분도 약하지.'

그들이 내게 죄를 지은 것도 아니질 않나?

지금도 숙이고 들어가는 건데, 더 숙여야 한다는 게 마음에 들지 않을 뿐.

한편으로는 이런 생각도 들었다.

'지난 삶에서는 가구 하나를 팔기 위해 간도 쓸개도 빼놓고 다녔는데, 이까짓 것쯤이야.'

내가 고민하는 사이, 한 교수가 말했다.

"결정은 네가 하는 것이고, 그 결과의 책임도 네 것이겠지. 시간이 많다면, 이렇게 말하지도 않았겠지만, 지금 같은 경우라면, 타협도 필요하지 않겠니?"

그의 말에 고개를 끄덕였다.

"교수님의 의견 최대한 고려할게요."

한 교수가 일어서는 내게 말했다.

"성훈아. 마찰이 생길 만한 부분에서는 굳이 교수들을 직접 설득하려 들지 마라. 건방지다는 소리를 들을 뿐이니까."

"그럼 어떡해요? 멍청이처럼 가만히 있어요?"

한 교수가 미소 띤 얼굴로 고개를 끄덕였다.

"그래. 3초만 참고 있으면, 권 교수님이 알아서 해 주실 거다. 그럴 정도의 역량은 있는 분이니까."

총장이 말했다.

"아시다시피 여기 있는 학생은 건축학과 학생회장입니다. 여러분들에게 부탁하고 싶은 것이 있다 해서 내가 불렀소. 무슨 말인지 한번 들어 봅시다."

총장이 나를 지목하며 일으켜 세웠다.

한 교수의 걱정은 알아들었지만, 그가 말한 그대로 하고 싶은 생각은 없었다.

직설적으로 말했다.

"학과장님들. 저는 이번 도우미 선발을 자체 면접으로 뽑고 싶습니다."

잠시 소란이 일었지만, 무시하고 말을 이었다.

듣기 싫은 말은 빨리 끝내는 게 좋지 않겠나? 어떻게 말해도 비난을 받을 테니까.

"그래서 저번에 보내주셨던 학생들보다 더 많은 수를 추천해 주셨으면 좋겠습니다. 그중에서 가려 뽑겠습니다."

전기학과장 권 교수의 눈동자가 커졌다.

그렇게 대놓고 말해버리면 어떻게 하냐는 당황스러움이리라.

대번 반발이 튀어나왔다.

"그 말은 교수들의 추천을 무시하겠다는 말인가? 그렇게 무시를 하는데, 우리가 추천해 줄 이유가 있는가?"

"쯧쯧. 그럼 우리 권위는 어떻게 되는 건가? 땅바닥에 떨어지지 않겠나?"

"그러게 말이오. 건축이 종합 학문이라고 해서, 기계, 화공, 전기 등을 모두 안다고 착각하는 모양이구려."

"건방지구려. 요즘 젊은것들은 제 놈이 뭐라도 된 양 착각이 심하단 말이오."

예상했던 대로의 맹비난이 쏟아졌다.

'이걸 뒤집어엎어? 말어?'

나 말고 '취업 지원'을 얻어낼 사람이 있느냐는 소리가 목구멍으로 올라오는 걸 참았다.

한 교수의 말이 귀에 맴돌았다.

'제발 참아라. 성훈아.'

권 교수가 그들의 소요를 막았다.

"아직 이야기가 끝나지도 않았는데, 나이 든 교수들이 이게 무슨 추태요."

"권 교수는 이런 얘기를 듣고도 그런 말이 나오는 거요?

평소 같으면 제일 먼저 자리를 박차고 나갔을 사람이!"

"일단 끝까지 들어나 봅시다. 뭐라고 하는지. 그 후에 일어나도 늦지 않을게요."

그가 내게 눈짓했다.

이 기회에 얼른 치고 들어가라는 말이리라.

"교수님들. 치기 어린 소리라 생각지 마시고 들어주십시오."

"흥. 말해 보게. 판단을 우리가 할 터이니."

"저는 현재건설에 딜을 걸었습니다. 대상 수상 시 5%의 가산점을 달라고 말입니다."

"이미 들어서 알고 있네."

"이걸 한 번으로 끝내실 생각이십니까?"

교수들의 미간이 좁아졌다.

"그게 무슨 말인가?"

"이번 결과가 좋다면, 이런 이벤트를 매년 열어달라고 현재에 딜을 걸 생각입니다."

"그게 정녕 가능하다는 말인가?"

교수들의 눈빛이 바뀌었다.

'암! 당연하지요. 제가 그렇게 만들 거니까.'

우리 학교는 내게 끊임없이 인재를 공급하는 인재 풀이 되어야 한다.

확신에 찬 목소리로 말했다.

"네! 충분히 가능합니다. 그런데 만약 이 박람회 결과가 현재의 눈에 차지 않는다면 어떻게 되겠습니까?"

대답을 들을 필요도 없었다.

현재건설은 자선 단체가 아니다.

좌중을 둘러보며 말을 이었다.

"설령 대상을 수상했다고 해도, 현재건설 쪽에서 판단하기에 별로 매력이 없다면, 다음 해의 취업 지원을 해줄까요?"

교수들의 의논하는 소리가 들렸다.

"그만큼 투자하고도 얻는 게 미흡하다면, 그런 일을 다시 할 리가 없지 않겠소?"

다른 교수도 고개를 끄덕였다.

"당연하지요. 성훈 군을 믿고 일을 진행한 양 이사에게도 타격이 갈 건 뻔하고요."

"어쩌면 처음이자 마지막 취업 지원이 될 수도 있겠군요."

그들의 말소리가 적어질 때쯤, 다시 입을 열었다.

"그래서 처음 현재와의 관계를 맺을 때, 확실하게 임팩트를 주어야 합니다. U대학에 대한 투자는 만금이 아깝지 않다는 생각이 들게 말입니다."

"오늘 처음으로 옳은 소리를 하는구먼."

학과장들이 고개를 끄덕거렸다.

"그러기 위해서는 현재를 잘 알아야 합니다."

"그건 당연하지."

"여기서 하나 여쭙겠습니다. 여기 계신 교수님들 중에서 현재를 잘 아시는 분 계십니까?"

대번 반론이 튀어나왔다.

"그럼 자네는 현재를 잘 안다는 말인가? 과연 장담할 수 있나?"

'당신들보다 현재를 잘 안다고 했다가는 건방지다는 말을 하겠지!'

사실대로 말하면 역효과만 일으킬 것이다.

다른 학과장도 역정을 냈다.

"그렇다는 말은 자네도 우리랑 같은 조건이라는 말 아닌가? 그런데도 면접을 보겠다고?"

"아직 사회 경험이 없는 자네가 직접 면접을 본다고 나서는 것은 영 신뢰가 가질 않는군."

"그건 나도 그러하이."

'교수들의 기득권이란 이런 것인가?'

그들의 비난을 한 귀로 듣고, 한 귀로 흘려보냈다.

곧 사라질 말들이니까.

그들에게 웃으며 답했다.

"그건 걱정하지 않으셔도 됩니다."

모두의 시선이 성훈에게로 모였다.

"왜 그런지 설명해 보게"

"바로 면접관들이 현재건설을 가장 잘 아는 사람들이니까요."

"그게 누군가?"

"지금 현재건설에 근무하고 있는 현재맨들입니다."

"그게 정말인가?"

그들보다 더 현재를 잘 알 수 있을까?

"그럼 그 사람들이 공정하게 인재를 뽑을 수 있다는 말인가?"

그 말에 이렇게 대답했다.

"적어도 현재건설에 가장 어울리는 사람을 뽑을 수는 있을 겁니다."

반론의 여지가 있을까?

"이건 할 말이 없군. 현재건설에서 직접 와서 뽑는다는데야."

"그래도 면접은 다르지 않소."

"현재건설에서 면접도 그 사람들이 볼 것 아니오? 그럼 박 교수는 현재맨들보다 현재를 더 잘 아오?"

"현재의 면접관들이 본다는데, 일단 통과하면 최소한 면접에서는 현재에 입사한 거나 다름이 없지 않겠소?"

'현재 면접관은 아닌데……. 면접 보는 사람이 면접관이지. 면접관은 특별한가?'

약간의 오해는 있었지만, 굳이 설명해서 분란을 일으킬 필요는 없었다.

"그래도 교수의 권위가 땅에 떨어지는 건 매한가지외다."

'어쩜! 저런 생각을 하는 거지?'

화가 나는가?

안 나는가?

제 학생은 미래가 걸렸는데, 교수라는 자는 자신의 권위만 생각하고 있다니!

'이건 너무하잖아.'

일어나려는 찰나, 권 교수가 소리를 높였다.

"박 교수! 중요한 건, 우리에게 학생을 추천할 권리가 있다는 게 아니오."

"그럼 뭐요?"

"우리가 추천한 학생이 면접을 통과한다는 거요. 명예에 눈이 멀어 본분을 망각하지 마시오."

그리고 좌중을 조용히 시켰다.

"우리끼리 갑론을박할 필요가 뭐가 있겠습니까? 직접 면접 본 학생들에게 확인하면 될 일 아니겠소."

나도 그의 말을 보충했다.

"면접을 본 학생이 불합리함을 말한다면, 그 부분에 대해서는 학과장님들께 따로 검증을 받겠습니다."

권 교수가 말했다.

"성훈 군. 면접 건은 이 정도로 정리가 된 것 같으니, 할 말이 있으면 마저 하게나."

"교수님들의 도움으로 제가 바라는 대로 성과를 낸다면,

내년에는 우리 학교에 취업 지원 상황이 달라질 거라고 봅니다.”

권 교수가 웃으며 물었다.

“어떻게 말인가?”

“내년에는 대기업들이 우리 학교 학생들을 데려가기 위해 경합을 벌이게 될 겁니다.”

“허허허. 꿈같은 소리지만, 듣기는 좋구만. 꼭 그렇게 되었으면 좋겠군.”

나를 보며 웃음을 터뜨리더니, 학과장들에게로 말머리를 돌렸다.

“나는 성훈 군의 저 면접 제안이 우리 교수들의 권위를 떨어뜨리는 것이 아닌, 반대로 세우는 것이라 생각하오.”

“그게 무슨 말이오? 권 교수?”

“우리 대국적인 관점에서 봅시다.”

교수들의 시선이 집중되었다.

“가르침으로 우리의 권위를 세우던 시대는 지나갔소. 막말로 가르치는 것만 본다면, 사설학원에서 더 잘 가르치지 않겠소?”

반박하는 소리가 나왔지만, 그는 꿋꿋하게 말을 이었다.

“지금은 학생들을 좋은 길로 인도하는 것에서 교수의 권위를 찾아야 할 것이오.”

“좋은 길이란 게 뭐요?”

"학생들이 좋은 곳에 취직하는 것이오. 먼저 들어간 선배가 끌어주고, 뒤이은 후배가 밀어준다면, 그것이 바로 명문의 기틀을 쌓는 것이 아니겠소?"

회의를 마친 학과장들이 서로 얘기를 나누며 하나둘 자리를 떴다.

나가는 권 교수에게 감사의 눈인사를 보냈다.

"면접 준비 잘하게나. 그렇지 않으면 지금까지 한 것이 모두 허사가 될 테니."

그리고 대망의 면접 날이 다가왔다.

폭풍 같은 면접이 한 차례 지나갔다.

밖에서 기다리던 친구가 학생들을 맞이했다.

"어땠냐? 면접 분위기는?"

안에서 나온 학생들이 혀를 내둘렀다.

"와! 면접관들 대단하지 않냐?"

"현장 근무하다가 바로 왔나 봐?"

그럴 수밖에.

오늘 아침까지 실무를 뛰던 현장 직원들을 성훈이 호출한 거니까 말이다.

다른 학생도 맞장구쳤다.

"그러게. 실무가 완전 빠삭해! 교수님들 저리 가라던데."

"아 씨. 나 쫄려서 답변할 때 실수했는데, 눈치챘겠지?"

"당연히 눈치챘겠지. 아까 너 답변 때, 전라도 사투리 쓰는 면접관 눈이 번쩍하더라."

"그랬냐? 아! 이거 탈락 일 순위네."

친구가 실망한 그를 위로했다.

"그래도 보람이, 저놈보다는 높게 평가받을 거다."

"보람이는 왜? 쟤는 말 잘하잖아."

"너무 잘해서 문제지. 면접관을 이기려고 드니까."

듣고 있던 보람이 짜증을 벌컥 냈다.

"그게 어떻게 이기려고 드는 거냐? 놓치고 넘어간 부분을 지적해 준 거지."

"새끼야. 그때는 알아도 모른 척하고 넘어가는 거 몰라?"

"너는 인생을 그렇게 살았는지, 몰라도 나 인간, 박보람 그렇게 안 살았다."

"그래 너 잘났다. 새끼야. 그러니까, 그 실력에 맨날 뺑찌나 먹는 거 아니냐? 성질 좀 죽여라. 안 그러면 너 평생 취직 못 하는 수가 있어. 이번엔 어떨 거 같애?"

보람이 실망한 얼굴로 힘없이 말했다.

"뭐. 떨어졌다고 봐야지."

"그러게. 왜 그렇게 우겼냐?"

"할 수 있을 것 같은데, 무조건 안 된다고 하잖아. 해 보지도 않았으면서, 현장에서 그렇게 한다고 하면 '네. 알겠습니다.' 해야 하는 거냐? 논리적으로 설명을 시켜야 될 거 아니야? 안 그래?"

"그래서? 이겼냐?"

"흥. 그 면접관이 반론을 못 했으니까, 내가 이긴 거야."

"야! 이 자식아. 그런 걸 소탐대실이라고 하는 거야! 면접관이 그렇다고 하면 그러려니 하고 넘어갈 것이지. 짜식. 넌 그것 때문에 맨날 교수님한테 욕먹잖아."

"됐어. 젠장! 현재건설 아니면 갈 데 없냐?"

옆에 듣고 있던 친구가 뒤통수를 때렸다.

"너 이 새끼야. 이번 삼송 면접에서도 또 면접관하고 싸우고 나왔다며. 교수님이 너만 보면 머리가 아프시대. 실력 있으면 뭐 하냐? 쌈닭이라 더 이상 소개해 줄 곳이 없다고 한탄하시더라."

하지만 보람은 기죽지 않았다.

"걱정 마. 지구 어디엔가 나를 알아주는 사람이 있을 거야."

"있으면 뭐하냐? 네 성질 참아줄 사람이 그렇게 많을 것 같아? 뻑 하면 들이받을 텐데."

"흥. 사내는 자신을 알아주는 자를 위해 목숨을 바치는 법이야. 남자라면 한 번 정한 마음을 바꾸는 게 아니야."

"그래. 니 똥 굵다. 자식아."

"아무리 돈을 많이 줘도, 나를 알아주지 않는 사람 밑에서는 죽어도 일 못 해."

"너 이번에 토익 점수는 좀 나왔냐?"

"950점."

"그러니까 그딴 소리 찍찍하는 거지. 가자. 이 자식 잘난 체 보고 있다가는 내가 화병 나서 먼저 죽겠다."

과연 보람이 목숨 바쳐 충성할 사람을 언제쯤 만날 수 있을까?

1차 면접이 끝난 후, 성훈이 물었다.

"차장님은 어떤 친구가 더 우리 팀에 어울릴 것 같습니까?"

문 차장이 잠시 눈치를 살폈다.

'이 인간은 뭣보다도 실력만 보잖여. 그라믄 학점이 우선이제. 그라고 아까 보람인가 하는 넘은 성훈이 밑에 있으믄, 일주일도 안 돼서 도망갈 것이 뻔하당께.'

생각을 정리한 문 차장이 말했다.

"성훈 씨. 우덜은 아까 차분하게 말이 통하던 친구가 좋던디, 실력이야 다들 고만고만하더만요. 말 잘 듣는 아그가 부리기는 좋지 않겠소?"

성훈이 고개를 저었다.

"그렇습니까? 저는 아까 차장님한테 들이받던 친구를 뽑을 생각이었는데."

문 차장이 성훈 몰래 입을 삐죽거렸다.

'어차피 지 맴대로 뽑을 거믄서 우덜은 왜 불렀디야?'

허나 궁금한 건 풀어야 직성이 풀리는 문 차장 아니던가?

"성훈 씨. 그란디 왜 학점 좋은 친구를 안 뽑고, 저 짝에 말 많고 싹퉁머리 없는 친구를 뽑는다요. 이유나 좀 알아야 쓰겄소."

문 차장의 투덜거림이 이어졌다.

"한석이가 없응께, 손이 근질근질허요?"

'문 차장이 투덜거릴 만도 하지.'

지금까지 나의 행보와는 달랐으니 말이다.

그동안 나는 고분고분한 친구들을 좋아했었다.

문 차장 또한 나를 잘 아는 사람 중 하나였으니, 아마 그런 내 성향을 고려하고 내가 원하는 답변을 한 것이리라.

'하지만 이제부터 시대가 달라진다고요.'

인간이 처음 달에 발을 디뎠던 충격만큼 세상은 바뀔 것이다.

세기가 바뀌었고, 사람들의 인식도 바뀐다. 또한 삶의 질도 변화할 것이다.

벌써 그런 기미는 보이고 있다.

휴대폰에 점점 기능을 추가하고 있고, 신용카드 또한 단지 신용 결제만을 위한 용도가 아닌 여러 가지 기능들을 추가하기 시작했다.

세상은 이미 내가 살았었던 미래로 진입하고 있었다.

휴대폰에 MP3가 왜 필요하냐며 쓸데없다고 했었고, 휴대폰에 카메라가 왜 필요하냐고 불평했었다.

'괜히 쓸데없는 기능을 추가해서 휴대폰 값만 오른다는 말도 나왔었지.'

그러나 이제는 그것들 없는 세상을 상상할 수 없어진다.

이미 달라져 버린 세상, 급격한 변화, 무한 경쟁이 생활화되는 시대에서는 상사가 시키는 대로 무조건 복종하는 'YES MAN'은 살아남지 못한다.

무조건 변화를 시도해야 한다.

'10억 중국이 인구로 밀어붙이고, 일본이 돈으로 밀어붙일 때, 우리는 우리만의 개성으로 살아남아야 합니다.'

누구도 넘보지 못한 강력한 개성으로.

그러기 위해서는 회사의 직원들 하나하나가 자신만의 개성으로 살아 움직여야 한다.

그런 사람들이 바꾸는 세상이 도래한다.

하지만 이건 나만 아는 것.

문 차장에게 설명을 해야 했다.

"말 잘 듣는 직원은 언제든지 구할 수 있어요."

"그렇기는 허요. 돈만 있으믄 되니께."

문 차장들이 고개를 끄덕였다.

"돈으로 할 수 있는 일은 나중에 하면 됩니다. 그 전에는 돈으로 할 수 없는 것들을 구해 둬야 합니다. 남들이 채가기 전에 말이죠."

이런 인물들이 현재건설 구석구석에 있을 때, 의견의 다양성이 생기고, 내가 움직일 수 있는 운신의 폭이 커진다.

'저들을 관리하느라, 나를 견제할 틈이 없지 않을까?'

지극히 개인적인 이유로 성훈은 여러 유형의 인재들을 뽑았다.

새로운 생각을 내놓는 창의적인 사람.

자기주장을 피력하는데 능한 자.

저돌적인 행동력을 지닌 인재들을.

이제 준비 작업은 끝났다.

"학생회 제군들."

민수를 비롯한 학생회 임원들이 대답했다.

거기에 경호도 꼽사리 끼어 있었다.

"네. 회장."

"구슬이 서 말이라도 꿰어야 보배라고 했다. 그 말은 아무리 인재들을 모아놓아도, 서로의 재능들이 연결되지 않으면 그 가치를 온전히 발휘하지 못한다는 말이다."

경호가 물었다.

"선배님. 이제부터 저희는 뭘 하면 되는 겁니까?"

"너희들은 지금부터 각 학과에서 아이디어를 뽑아낸다."

"어떤 아이디어 말인가요?"

아이디어란 처음부터 특별해야 하는 것인가?

가공되지 못한 원석들은 모두 아이디어가 아닐까?

설령 그게, 지금 당장은 별 의미가 없어 보인다고 해도, 실망하지 않는다.

주인을 제대로 만난다면 그 가치는 하늘을 찌를 듯 올라가리라.

"뭐라도 좋아. 각 과의 학생들에게 전통에 대한 자료들을 나눠 주고, 이걸 자신들의 관점으로 해석하고 현대에 맞게 재구성하라고 해."

경호가 염려하며 물었다.

"너무 어려운 문제 아닐까요? 한 번도 전통에 대해서 생각해 본 적이 없을 텐데."

"어렵지 않아. 아무리 터무니없는 생각이라도 인정할 테니까."

새로운 생각은 어린아이의 머리에서 나온다.

왜?

전혀 모르니까.

경호가 물었다.

"하지만 실행 불가능한 것도 있을 거 아니에요."

그 말에 피식 웃음이 났다.

누구나 생각해낼 수 있는 것을 하려고 이 난리를 치는 게 아니거든.

"실행이 어려운 것일수록 좋다. 그만큼 도전해 볼 가치가 있겠지."

내게 원하는 것은 평범한 건축가의 발상으로 생각할 수 없는 '그 어떤 것'이다.

나처럼 머리 굳은 40대의 아저씨가 생각할 수 없는 신선한 발상을 원했다.

'아무도 안 된다고 단념했던 것을 해낼 때, 그걸 보고 혁신이라고 하지.'

그 가치는 일상적인 것과는 궤를 달리한다.

'서로 다른 전공을 한 만큼, 전통의 재해석에서조차도 전혀 다른 눈으로 바라볼 거야.'

경호는 아직 이해가 되지 않는 모양이었다.

"선배님. 그냥 우리가 계획을 짜고, 각 과에 지시를 하달하는 것이 낫지 않아요?"

아직 이해하지 못하는 경호를 달래며 말했다.

"경호야. 이런 프로젝트는 학생 때 말고는 평생 할 일이 없을 거야. 자신의 분야와 전혀 상관이 없는 전통을 자신만의 지식기반 위에서 사유해보는 건 말이야."

실제로 건축가들조차도 그리 관심을 가지지 않으니, 다른 분야는 말할 가치도 없으리라.

경호가 말한 건 사회에서 가장 많이 사용하는 방식이었다.

이유를 물으면 안 된다.

명령을 거부해서도 안 된다.

그저 기계처럼 입력된 명령만 수행하면 된다.

가장 편한 방식.

내가 돈을 내니까, 너희는 돈의 가치만큼 일해!

그런 과정에서 생각의 여지가 있을까?

아니 생각할 필요나 있을까?

그걸 수행하는 게 꼭 사람이어야 할 필요도 없지.

"평생을 그렇게 살지도 모르는데, 대학에서까지 그런 방식을 고수할 필요가 있을까?"

아직 완전히 내 뜻을 이해하지는 못했겠지만, 경호는 내 말에 따랐다.

"알겠어요. 선배님 지시대로 하겠습니다."

경호가 밖으로 나간 후, 민수가 물었다.

"형. 그런데 굳이 전통을 지금 그대로 보존하지 않고, 이렇게 여러 분야에서 아이디어를 찾는 이유가 뭔가요?"

민수의 물음이었다.

"좋은 질문이야."

보존.

좋은 말이다.

민수는 아직 모르겠지만, 우리의 전통은 점차 사라져 간다.

간단히 말해, 대가 끊어진다.

10년 새에 몇십 종, 몇백 종이나 사라진다.

이름도 남기지 못하고, 그 존재의 흔적을 지운다.

'사람들의 관심에서 사라지기 때문이지.'

민수에게 물었다.

"보존이란 지금 상태 그대로를 보호해서 남기는 것을 말한다. 그렇지?"

민수가 고개를 끄덕였다.

"하지만 나는 다르게 생각해. 보존이란 사람들의 머릿속에서 끊임없이 회자되어 그들의 머리에 남아 있어야 하는 거야."

물건을 보존하는 것과 전통을 보존하는 것은 다르다.

전통은 정형화된 존재가 아니기 때문이다.

그 시대를 살아온 사람들의 정신이었고, 그들의 삶이 녹아든 결정체이며, 과거를 살다간 선조들의 흔적이었다.

"그렇게 생각할 수도 있겠군요. 기억 속에 없는 것을 보존한다고 하기도 어려울 테니."

"고려청자는 유명했지만, 그 제작법이 그대로 이어져 내려오지는 않았다."

"정부에서 관리를 잘못한 탓이죠."

"정부? 어느 정부의 누구? 조선시대?"

민수가 어깨를 으쓱했다.

"그야. 저도 모르죠."

정체도 모르는 누군가를 탓하는 것처럼 허황된 일이 또 있을까?

차라리 하늘을 원망하는 게 훨씬 낫다.

'적어도 확실히 보이기는 하잖아.'

'정부'라는 눈에 보이지 않는 조직에 책임을 묻는 것은 불가능하지 않을까?

"현대의 정부라고 해도, 국민을 위해 존재하지만, 모든 요구를 들어주지는 않아. 더군다나 전통처럼 돈이 안 되는 거라면 더더욱. 과거에는 더 심했을 거고."

"하긴 우리 아버지 세대만 해도, 먹고 살기 힘들었을 텐데, 전통을 돌아볼 여유도 없었겠죠."

"그래. 누가 대표가 된다고 해도, 지금과 별반 다를 바가 없을 거야."

지나간 일을 회자해서 무엇하리.

민수에게 말했다.

"더구나 이 경우엔 물론 근대화 이전의 일이라, 누구 탓을 할 수도 없어. 무덤 속에 있는 사람들 원망해 봐야 무슨 이득이 있겠어?"

민수와 말하다가 이런 생각이 들었다.

'과연 지금 내가 전통이라 부르는 것들이 진정한 의미의 전통이 맞을까?'

'그 시대 사람들의 생활상을 그대로 반영하고 있을까?'

'전통 문화를 계승했다고, 스스로 말하는 사람들은 정말 그대로를 계승했을까?'

꼬리에 꼬리를 무는 질문들.

생각을 접었다.

'혼자 고민해 봐야 아무 의미가 없지.'

그것보다는 지금 있는 것이라도 제대로 보존할 수 있는가에 생각이 미쳤다.

민수에게 물었다.

"지금 우리가 전통이라 부르는 것들이 몇십 년 후에 세대가 바뀌어도 과연 지금 이대로의 모습을 보존하고 있을까?"

"그렇지 않을까요?"

내가 물었다.

"뭘 근거로 그렇게 말하는 거야?"

68장
세대 차이

민수가 대답했다.

"복원 기술이 점점 발전하고 있으니까요. 청자 제작법도 복원이 되었잖아요."

"그걸 정말 복원이라고 말할 수 있을까?"

"그럼요. 기록으로 복원되어 있잖아요."

"그렇다면 고려청자를 지금 완벽하게 재현하지 못하는 이유가 뭘까?"

그 시대의 과학기술이 너무 뛰어나서?

말이나 글로 정확하게 설명하기 어려울 때, 우리는 손맛이라는 말을 쓴다.

똑같은 조리법으로 요리를 해도, 나오는 음식 맛이 다른 것은 뭐라고 설명할 것인가?

그것을 우리는 '손맛'이라고 설명한다.

민수에게 물었다.

"넌 수백 년 전에 생존했었던 사람들의 손맛, 가마불의 세기 조절, 그런 것들을 모두 복원했다고 생각하니?"

"전문가들이 그렇다고 하니까 믿어야죠."

내 생각은 달랐다.

"생각해 봐. 고려나 조선을 살던 사람들이 적절한 불의 온도는 몇 도라고 기록했겠니? 그저 '불길의 색깔이 샛노랗게 되면 장작을 그만 넣어라.' 혹은 '가마에 손을 대봐라. 그걸 잘 기억해라. 그게 제일 적당한 온도다.' 이렇게 말하며 전수하지 않았을까? 그런 사람들이 문서를 만들어서 전수했겠니?"

정작 그 시대의 장인들이 한문을 쓸 수나 있었을까도 의문이지만.

민수도 내 말에 호응했다.

"그러네요. 타당성이 있어요."

대가 끊어진 명장의 손 감각을 지금 와서 복원할 수 있는가?

"비 오는 날, 눈 오는 날, 그날그날 날씨에 따라 매번 달랐을 거야. 흙을 소중히 여기며, 정성으로 대했던 그 정신과 손의 감각이 숫자나 글자로 전달될 수 있다고 생각해?"

완벽하게 복원했다면, 그 시대의 것과 똑같이 만들 수 있어야지!

"그건…… 불가능하겠죠."

완벽하지 않은 걸 복원이라고 부를 수 없다.

"우리가 말하는 복원의 의미는 그 시대를 살았던 사람들의 관점이 아니라, 어쩌면 지금 사람들의 관점에서 말하는 걸지도 몰라."

생각에 잠긴 민수를 보며 말을 이었다.

"어쩌면 스스로 자위하는 것인지도 모르지. 이미 고혼이 된 명장(名匠)들에게 사과하는 의미로 말이야."

많은 자료를 통해서, 혹은 구전을 통해서 되살린 제작법을 100% 신뢰할 수 있을까?

그게 그 시대의 제작법이라고 당당하게 말할 수 있을까?

어디까지나 오류를 수정하고 수정해서 나온 최적의 제작법일 뿐, 그것을 원본 그대로의 제작법이라고 할 수는 없다.

손끝의 예술을 말이나 글로 완벽히 부활시킨다는 것은 어불성설이다.

"그럴지도 모르겠네요."

"이렇게 어중간하게 해서는 안 돼. 우리 세대에 전통을 완전히 부활시킬 바탕을 만들어야 돼. 그러니까 혁신을 일으켜야 하는 거야."

민수가 우려를 표했다.

"형이 하려고 하는 건 전통문화의 혁신이에요. 전통을 살리려는 마음은 알겠지만 너무 갑작스러운 변화를 시도하면 보수적인 기성세대들은 반발하지 않을까요?"

"그들은 반박할 자격이 없어. 그들이 그렇게 만든 거니까."

적어도 내가 보기엔 그랬다.

"지금까지 관심도 없었으면서, 그저 자신이 알던 것과 다르다고 비난하겠지. 그리고 그딴 것은 정통성이 없다고 폄하할 거야."

"쉽지 않으실 거예요."

민수의 어깨를 두드리며 말했다.

"알고 있어. 그래도 해야 해. 우리끼리만 일치단결하면 충분해."

민수가 나를 보며 옅은 미소를 보였다.

'지금 당장은 어려울 테지.'

눈앞의 민수만 해도 확신을 갖지 못하니까.

하지만 지금 이 선택은 내게도 두려운 도전이었다.

내가 알던 미래와 다른 미래를 위해 발을 내디디는 거거든.

내 안의 김성훈이 웃었다.

'야! 지금까지도 많이 바꿔 왔으면서 무슨 엄살이야?'

아니야. 지금까지와는 달라.

'뭐가?'

지금까지는 상황에 휩쓸려 어쩔 수 없이 했던 거지만, 지금은 내가 직접 발을 내딛는 거라고. 전혀 모르는 길을 말이야.

'후회하지 않을 자신 있어? 아는 길을 놔두고 스스로 위험을 자초하는걸.'

괜찮아. 어차피 내가 아는 미래로 간다고 해도, 지금처럼 즐겁지는 않을 거야. 이제부터는 내가 만들어가는 미래라고. 판타지를 현실로 만드는 거라고.

'흥.'

코웃음 치는 그에게 말했다.

"두고 봐! 네가 깜짝 놀랄 결과를 보여줄 테니까."

"역시 자료만 가지고는 어렵지?"

임원들의 얼굴이 어두웠다.

민수가 말했다.

"다른 방법을 찾아야겠어요. 나오는 아이디어의 양이 너무 적어요."

잠시 생각하다 말했다.

"건의 사항은 없었어?"

민수가 앞으로 나서며 말했다.

"자료만으로는 부족하다고, 직접 장인들과 만나고 싶다는 말이 나왔습니다."

"흠. 그렇단 말이지? 그럼 맨투맨으로 붙이자. 자료보다는 직접 만나는 게 더 좋겠지."

잠시 생각을 정리하고 말을 이었다.

"내일부터 장인과 학생들을 짝지어서 진행해. 그리고 매 타임마다 로테이션으로 돌려. 최대한 많은 사람이 의견을 교환할 수 있게."

임원들이 고개를 끄덕였지만, 걱정이 되었다.

"처음이라 마찰이 생길 거야. 분명히."

사실 처음부터 이 방법을 쓰고 싶었지만, 직접 대면하려면 좀 더 시간이 필요하다고 느껴서 자제하고 있었던 것이다.

장인들의 자부심도 만만치 않을 것이고, 학생들의 탐구열도 장난이 아닐 것이다.

불과 불이 만났을 때, 과연 순기능만을 할까?

'과열되지만 않으면 좋을 텐데.'

"그렇겠죠. 그 점 유의해서 특별히 신경 쓸게요."

"그리고 이번에 들어온 보람이라는 녀석, 특별 관리해."

"그 선배가 좀 튀기는 튀었죠. 면접 때부터."

"응. 악의는 없는데, 말이 입에서 바로 나와."

민수가 말했다.

"알았어요. 따로 불러서 주의시킬게요."

"문제가 생기면 바로 알려주는 것 잊지 말고!"

마지막으로 당부했다.

"그동안 숙지한 자료에서 궁금했던 것들을 장인들과의 교류로 답을 얻어낼 테니까, 최대한 쪼아 붙여."

며칠 뒤, 일이 터졌다.

─형. 와 주셔야겠어요. 보람 선배 그룹이 분위기가 안 좋아요. 말리고는 있는데…….

전화를 받자마자, 자리를 박차고 나갔다.

'어차피 예상하고 있던 일이잖아.'

예상했던 대로 보람이 흥분했을 거고, 서로 말이 안 맞아서 오해가 생겼겠지.

싸움은 말리고 오해는 풀면 그만이야.

다만 걱정되는 것은 선이 넘는 거였다.

'보람이 녀석은 생각나는 대로 바로 말을 내뱉지. 예의 없게 보일 수도 있거든. 녀석을 처음 보는 사람 입장에서는.'

의견이 엇갈린 건 풀면 되지만, 예의에 어긋나 버리면 되돌리기 어렵다.

감정이 상해버리니까.

'나이가 지긋한 장인들이 어린 녀석에게 무시라도 당해봐. 같이 일하려고 하겠어?'

시작도 하기 전에 강제 종료를 당할 가능성도 배제할 수 없었다.

'잘 관리하면 될 거라는 내 생각이 너무 얕았어. 처음부터 주의를 줬어야 했는데.'

도착했을 때는 고성이 오가고 있었다.

'휴. 그래도 아직은 큰 사고는 아니네.'

보람의 목소리가 들렸다.

"선생님. 뚜껑 여는 게 왜 안 되는 건데요?"

장년의 고함치는 소리가 들렸다.

"뭐라? 뚜껑? 이게 병뚜껑이냐? 지붕이라고 제대로 말하지 못할까?"

"고작해야 모형인데 뚜껑이지, 뭐람."

보람이 혼자 작게 투덜거렸다.

'흠. 지붕을 연다고? 지붕의 구조를 쉽게 보이게끔 한다는 건가?'

내 안목은 틀리지 않았던 거다.

녀석이 뭔가 한 건 할 거라는 생각을 했었거든.

비록 지금은 작은 아이디어지만, 살리기에 따라서 생각지 못한 결과를 얻을 수도 있을 것이다.

그런데 문제는······.

'실력은 있는데, 인성이 따라주지 못하는군.'

내가 눈살을 찌푸린 건 못 봤는지, 장인에게 사과를 했다.

"네. 지붕으로 정정할게요. 제가 잘못 말했네요."

성의 없는 사과에 장인의 얼굴이 더 붉게 변했다.

미간이 꿈틀하더니, 노발대발했다.

"한옥의 지붕을 열자니! 말이 되는 소리를 해야지."

"그게 왜 말이 안 되는 소리입니까?"

"한옥의 아름다움은 완성이 되었을 때 나오는 것이다. 그럼 너는 완성되지도 않을 것을 사람들에게 보라고 내어놓을 셈이더냐?"

그가 말을 이었다.

"그리고. 어제는 뭐? 전동 대패도 있고, 전동 톱도 있는데, 뭣 하러 고생을 사서 하느냐고?"

한두 번 쌓인 불만이 아닌 것 같았다.

저리 속사포처럼 쏘아대는 것을 보니 말이다.

'하. 그것 말고도 다른 말도 많이 했었던 모양이네.'

한숨을 쉬는 사이, 장인의 말이 쏟아졌다.

"나는 뭐 전동 공구 쓸 줄 몰라서 그러는 줄 아느냐? 제대로 결을 살리고, 날이 지나간 자연스러움을 살려야 하는데, 전동 공구로 그런 느낌을 만드는 것이 가능할 성 싶으냐? 무조건 편한 것이 능사는 아니라는 말이야."

그는 쌓인 울분을 터뜨리고 있었다.

힘든 것을 뻔히 알면서도, 결 하나의 자연미를 살리기 위해 고행을 마다하지 않았건만, 머리에 피도 안 마른 아이놈이 어리석다 치부하니, 이 어찌 통탄치 않을 노릇인가 말이다.

그의 심정은 백번 이해되었다.

"그런 정신머리를 가진 놈들이 전통을 잇겠다고 하니 질이 떨어지는 것이고, 제대로 된 장인이 없다는 비난을 듣는 것이다."

그는 그동안 가슴에 묻어둔 한을 풀어내고 있었다.

"전통이 뭔지 알지도 못하면서. 에잉."

보람의 얼굴이 꿈틀거렸다.

뭔가 억울함이 가득한 모습.

흥분한 보람이 숨을 크게 들이쉬었다.

'저런!'

더 이상 일이 커지면 수습하기가 곤란해질 것이다.

"그러는 어르신은 전기전도율이 뭔지나……."

보람을 향해 고함쳤다.

"보람! 거기까지."

"야! 회장!"

"지금 네가 하려는 말, 다 책임질 수 있으면 해라."

좋은 말이 나오지는 않으리라.

'논리적으로 따지고 들겠지.'

논리 싸움에서 저 장인이 보람을 이길 수 있을까?

면접 보던 김 과장도 말로 밀렸는데?

내 말에 막힌 보람을 보며, 장년의 장인이 의기양양한 얼굴로 말했다.

"전통이라고는 쥐방울만큼도 모르는 녀석이!"

이건 너무 심하잖아.

젊은 놈이 한발 물러섰으면, 어른도 그 마음 헤아려야 하지 않나?

좋은 결과를 만들기 위해 모았는데, 이러면 오히려 전체 분위기를 해칠 뿐이었다.

'하지만 그건 쌍방 존중이 기본이 될 때나 가능한 거고. 어리다고 자존심도 없는 줄 아나!'

내 마음을 모르는지 그는 말을 이었다.

"전통을 배우고자 왔다면서, 어째 이리 하나같이 어른을 존경할 줄 모른다는 말이냐?"

"어르신!"

"뭔가? 자네는?"

"학생회장입니다."

"책임자라는 말이구만. 그런데?"

"저희는 모두 전통을 배우고자 이 자리에 왔고, 모두 어엿한 성인입니다."

"하고자 하는 말이 뭔가?"

"저희가 진정으로 어르신들을 존경할 수 있도록, 저희들 또한 존중해 주십시오."

그가 어이없는 표정으로 말했다.

"어허. 이거 참. 책임자라는 작자가! 그럼 네놈들을 존중해 주지 않으면 존경……."

'앞뒤가 꽉 막힌 양반이네.'

한마디 하려는데, 최 옹의 목소리가 들렸다.

"학생회장! 자네 말이 옳다."

장인이 다급하게 돌아서며, 최 옹에게 고개 숙여 인사를 했다.

"아이고. 어르신."

"박 목수. 남사스러운 줄 알게나. 쥐방울이라 했나? 그런 아이들과 똑같이 싸우는 자네는 뭔가?"

"그것이 아니오라, 어르신! 제 말 좀 들어보……."

"닥치시게. 저승에 있는 자네 스승이 이 꼴을 봤으면 잘했다고 칭찬을 하겠구먼. 어린놈에게 이겼다고 말이야."

"그것이 아니오라……."

그는 더 할 말이 있는 듯했지만, 최 옹의 매서운 눈을 피하며 고개를 푹 숙였다.

최 옹에게 고개 숙여 사과를 했다.

"분란을 일으켜 죄송합니다. 어르신."

"아닐세. 자네 말이 그른 것이 뭐 있나? 어른이 어른다워야 어른 대접을 받는 것이 당연한 이치! 내가 데려온 사람이 실수를 했으니, 되레 내가 사과를 해야지."

사과하는 최 옹을 보며 말했다.

"어르신. 여기서 시시비비를 가릴 일은 아닌 것 같습니다."

내 말에 대목장이 주변을 둘러보고는 고개를 끄덕였다.

사람들이 일의 귀추를 주목하고 있었다.

"그렇군. 이 사람은 내가 데려가 자초지종을 들어보겠네."

"네. 알겠습니다. 보람이는 나 따라와."

"야. 나 아직 말 안 끝났는데."

"여기서 하고 싶은 말 다 하고, 네가 하고 싶은 것도 쫑낼래?"

반 협박에 가까운 내 말에 움찔하더니, 박 목수에게서 고개를 돌렸다.

"칫!"

아직 억울한 것인지, 박 목수도 붉어진 얼굴로 대목장에게 하소연을 했다.

"어르신. 이럴 수 있는 겁니까? 대체 세상이 어떻게 돌아가려……."

"자네도 그만하게나. 나이 반쪽도 안 되는 아이들과 싸웠으면 부끄러운 줄 알아야지. 당장 내 방으로 건너오게."

최 옹이 그에게 눈을 흘기며 뒷짐을 지고 돌아갔다.

박 목수가 보람을 지나치며 말했다.

"말해줘도 모르면서, 아는 척하지 마라. 핏덩어리야."

멀리서 최 옹의 노한 소리가 들렸다.

"얼른 안 따라올 텐가!"

"갑니다요. 어르신!"

박 목수가 종종걸음으로 최 옹의 뒤를 쫓았다.

학생회실로 가는 길은 멀었다.

'새로운 생각이 이후의 세상을 지배한다.'

그건 알고 있지만, 그 생각은 과거의 기반을 바탕으로 탄생한다. 지금까지와는 다른 방식으로 접근하자는 보람의 생각은 맞다.

길게 설명할 것도 없이, 이후의 미래가 그렇게 변해 가니까.

전통은 말라비틀어진 해삼처럼 그 가치를 잃어갈 것이다.

'하지만 그 대화법은 분명히 잘못되었지.'

지금 확실한 선을 그어주지 않으면, 두고두고 트러블 메이커가 될 놈이었다.

'일단 말로 하고, 안 되면 다른 방법을 찾아보자.'

보람을 앉혀 놓고 말했다.

"이번 일은 네가 잘못한 거다."

성훈의 말에 보람이 쌍심지를 돋웠다.

"야! 언제는 내 생각을 기탄없이 말하라며!"

"그래. 내가 그렇게 말했지."

"그래! 그래놓고는, 지금 와서 내가 잘못되었다고? 넌 고작 그 정도밖에 안 되는 인물이었어? 실망이다."

보람은 머리가 좋고, 자기주장을 펼치는 데 능숙하다.

'하지만 아직 어리고 행동이 경박하지.'

젊은 세대의 특징일지도 모른다.

배운 것이 많아서, 자신의 지식에 자부심이 강하니까.

똑똑한 사람일수록 그런 경향은 강해질 수밖에 없지 않을까?

아는 것이 많은데, 세상의 무엇이 두려우랴!

나 또한 그 범주를 벗어나지는 못하리라.

지금도 자신만만하게 대응하지 않는가?

지는 게 이기는 경우도 있는데 말이다.

'그런데 이게 슬슬 기어오르네. 뭐? 실망?'

성훈이 침착하게 말을 이었다.

"네가 존중 받고 싶으면, 네가 먼저 존중해 줘. 상대방의 말을 중간에 끊지 말고, 끝까지 들으란 말이야."

"하지만 그 사람이 말이 안 되는 소리를 하는데, 그걸 끝까지 들으라고?"

"그리고 네 생각이 무조건 옳다는 편견은 버려. 사람은 생각하는 게 다 다르니까."

무슨 생각일까?

보람이 입꼬리를 비틀며 말했다.

"그래도 무시하면, 그때도 참아야 하는 거냐?"

"그때는 상대하지 않으면 그만이야."

"넌 그러지 않았잖아. 작년이랑 이번 해에 건축과에서 벌어진 일을 모르는 사람이 있는 줄 알아?"

너도 했으니, 나도 하겠다는 건가?

민수가 작게 한숨을 내쉬었다.

'선배, 나이가 같다고 동급으로 생각하면 곤란하죠. 아무리 봐도 저 선배는, 지가 제일 잘난 줄 알아. 성훈 형하고 싸워서 이길 거라고 생각하나?'

건축과에서 일어났던 일이 자신에게는 일어나지 않는다고 확신하는 거야?

뭘 근거로?

성훈이 좋게 말하며, 참고 넘기는 것은 전통문화 관련자들에게 제한되어 있었다.

성훈을 오래 보아온 사람들은 다들 눈치챌 정도로 그게 보였다.

이유가 뭐냐고?

'자기가 아쉬운 게 더 많거든. 그러니까 마음에 안 들어도 참고 지나가는 거지. 보람 선배는 해당 사항이 없다고요.'

성훈을 보니, 역시나 묘한 눈빛으로 보람을 응시하고 있었다.

'이걸 어떻게 요리할까?'하는 느낌?

'성훈 형은 선배를 어떻게든 써먹어보려고 참는데, 눈치가 없네. 휴.'

가만히 놔두면, 또 형 스스로 박살을 내겠지.

한 교수의 신신당부가 있었다지만, 그걸 다 지킬 사람도 아니고.

'그렇다고 아쉬운 소리하면서 보람을 달랠 위인은 더더욱 아니지.'

다른 임원의 눈빛도 그랬다.

특히나 총무와 회계는 어이없어하는 표정이었다.

'저 인간, 미친 거 아니냐?'

회계가 민수에게 시선을 보냈다.

'민수야. 어떻게 좀 말려 봐라.'

민수라고 하고 싶으랴?

'니들이 해 봐!'

'야! 우리가? 미쳤냐? 약 먹지 않고서야.'

'휴!'

맹수 아가리에 대가리를 집어넣고, '야! 씹어 봐!'라고 나대는 하룻강아지를 살리고 봐야 했다.

민수가 슬쩍 앞으로 나섰다.

"성훈 형은 선배의 아이디어를 탓하는 게 아니에요."

"그럼?"

"그걸 표현하는 방법이 잘못되었다는 걸 지적하는 거죠."

민수가 나를 돌아보며 물었다.

"맞죠. 형?"

"응. 그렇지."

보람이 물었다.

"그게 무슨 말이야?"

그는 자신의 잘못을 모르고 있었다.

자의식 과잉이랄까?

민수의 말이 이어졌다.

"성훈 형도 자기주장은 누구보다 강하시지만, 어른한테 함부로 하지는 않거든요."

"그거랑은 말이 다르지."

보람이 말에서 밀릴 사람이 아니었다.

"난 내 의견을 주장한 거야. 무례하지는 않았다고."

민수가 작게 한숨을 쉬었다.

'저로써는 힘드네요.'

어깨를 으쓱하며 성훈에게 바통을 넘겼다.

등받이에 기대어 둘의 대화를 듣던 성훈이 몸을 앞으로 당겼다.

"보람아. 당연한 말이지만, 너는 그분보다 고등교육을 받았다."

보람이 고개를 끄덕였다.

"그분은 끽해야 고등학교를 나오면, 고학력으로 인정받던 시대를 살던 분이다."

세대의 다름은 인정할 수밖에 없지.

보람도 말없이 고개를 주억거렸다.

하지만 성훈이 말하고자 하는 바는 눈치채지 못했다.

그랬다면 부끄러워서, 저런 표정을 짓지 못할 테니.

"먹고 살기 바빠서 학교를 갈 틈이 없었던 분들이다. 우리하고는 다른 분들에게 꼭 '전기전도율' 같은 전문적인 용어를 섞어가며 대응했어야 했을까?"

보람이 흥분하며 말했다.

"그치만 나도 그 사람이 하는 말은 반도 못 알아들었다고! 인방이 뭔지 아냐?"

"당연히 알지."

"건축과니까 알겠지. 하지만 난 그게 뭔지 몰랐다고."

"당연히 몰랐겠지. 네 전공이 아니니까."

"모른다고 하니까 뭐라는 줄 알아?"

"뭐라고 하시던데?"

"대학교나 나왔으면서, 그런 말도 모르냐고 날 무식쟁이 취급하는데, 화가 나냐? 안 나냐?"

'녀석! 지기 싫어서 그랬던 거군.'

성훈이 피식 웃으며 말했다.

"유치하군."

"뭐야?"

"내가 보기엔 '내가 더 똑똑하니까, 내 말을 들어!'라고 압박하는 걸로밖에 보이질 않아. 그런 식으로 나이 든 사람을 이기면 기분 좋으냐?"

"그 사람이 먼저 시작한 거라고."

"누가 먼저 시작했던지 간에, 지는 게 이기는 때도 있는 거야."

아직 보람의 얼굴은 불만스러웠다.

차분한 설득이 가장 좋겠지만, 과연 말로 설득이 가능할까?

'말이 많아지면 궤변만 늘어날 뿐. 지금은 눌러야 할 때야. 안 되면, 어쩔 수 없고.'

성훈이 말을 이었다.

"마음에 안 들어도 참아. 그게 안 되면 나가. 네가 아무리 좋은 아이디어를 내도, 분위기를 해치는 건 용납할 수 없어."

보람이 뚱한 얼굴로 성훈을 노려봤다.

그 눈길을 마주하며 성훈이 말했다.

"어떡할 거야? 계속할 거야, 말 거야?"

보람이 입술을 모으며 말했다.

"쩝. 어쩔 수 없지. 조심할게."

민수들이 작게 한숨을 내쉬었다.

'일단은 일단락됐네. 다행이야.'

성훈이 물었다.

"보람아. 불만이 많지?"

"당연한 거 아니야?"

여전히 뿌루퉁한 얼굴로 성훈의 말에 대꾸했다.

'그렇겠지. 왜 그런 말을 나만 들어야 하는데? 왜 나만 그런 노력을 해야 하는데?'

당연한 질문이었고, 불만이리라.

그러나 우리는 현 세대를 안고 가야 한다.

마음에 들지 않아도 안고 가야 하는 것이 우리의 숙명이다.

하지만 이런 말을 굳이 보람에게 할 필요가 있을까?

성훈은 그들의 필요성만 말하기로 했다.

"보람아. 지금은 우리가 숙이고 들어가야 할 때야. 그분들이 없으면 이 프로젝트 자체가 이뤄질 수가 없다고."

"그래. 그건 나도 인정해."

"그리고 더 중요한 건, 대목장 어르신께서 고생하며 모은 사람들이야. 그걸 우리의 경박함으로 깨뜨릴 순 없어. 앞으로 네 행동은 계속 지켜볼 테니까. 조심해."

보람이 어깨를 축 늘어뜨리며 말했다.

"알았어. 조심하도록 할게."

'쯧쯧쯧. 한마디 들었다고, 쳐지기는! 짜식.'

기를 죽여 놨으니, 다시 살려줘야 제 역할을 하리라.

보람에게 물었다.

"어떻게 그런 생각을 한 거야?"

보람이 고개를 들며 반문했다.

"뭐 말이야?"

"훗. 뚜껑 말이야. 네 표현대로 말하자면."

"아. 뚜껑? 아니 지붕 분리하는 거 말이야?"

"응."

"그거 괜찮지 않아? 그분은 말도 안 되는 소리라고 노발대발 했지만."

내 말을 칭찬이라 생각했던지, 보람의 표정이 다시 살아났다.

신나게 말을 이어갔다.

"생각해 봐. 나 같은 놈이 이런 기회를 놓치면, 언제 또 현재건설에 들어갈 수 있겠냐?"

"왜? 너 정도 실력이면 충분히 가능하지 않아? 학점도 좋고 시험도 잘 볼 거 같은데."

보람이 머쓱한 표정으로 말했다.

"그건 맞는 말이지만, 너도 나 면접 봐서 알잖아. 매번 면접에서 막혀."

"그래서?"

"무조건 특채로 들어가야 한다고. 내 성격이 한 지랄하잖냐?"

'그래. 잘 아니까 다행이다.'

그래도 마냥 멧돼지처럼 좌충우돌하는 녀석은 아니란 건
다행이랄까?

그에게 물었다.

"특채를 노리는 거냐?"

"응. 그렇지."

"쉽지 않을 텐데."

"그렇겠지. 너랑 민수는 당연히 들어 있을 테니까?"

그 말에 살짝 의이함을 느꼈다.

"그게 무슨 소리냐?"

"회장이 현재건설을 데리고 왔으니까, 당연히 한 자리 먹
을 거고, 그때 양 이사도 성훈이 너한테 꽤나 목메는 것 같던
데. 그리고 민수도 현재건설이랑 연결된 것 같고."

"다른 애들도 그렇게 알고 있는 거냐?"

"그게 당연한 거 아니야? 한 자리 남았으니까, 무조건 일
등에 들어야지. 다른 애들은 특채 생각도 안 하고 있어."

민수가 웃으며 말했다.

"선배. 그건 오해예요. 성훈 형이랑 저는 특채 생각도 안
하고 있어요. 우리는 열외죠."

"왜?"

"특채 아니라도 성훈 형은 들어갈 거예요. 모시러 안 오면, 다른 건설사에 가버릴 테니까. 뭐 저도 꼽사리 낄 거구요."

민수의 말을 막았다.

"일단 그 이야기는 나중에 하고, 보람이 말이나 먼저 듣자."

보람이 고개를 끄덕이며 말을 이었다.

"어쨌거나 특채에 선택되려면, 뭐라도 하나 눈에 들어야 할 거 아니냐?"

"그럴 테지."

"그런데 전기 전공이라서 딱히 할 게 없더라고. 조명 좀 쎄게 비춘다고 눈에 띄는 것도 아니고, 누구나 하는 조명인데, 그게 눈에 들어오겠어?"

'호. 그건 생각지 못했던 고민인데.'

"그래서?"

"나 같은 전기쟁이가 할 수 있는 게 뭐가 있을까 고민을 해 봤지."

보람이 물을 마시며 말을 이었다.

"전기하면 떠오르는 건 딱 세 가지야. 열, 빛, 모터."

"여기서 내 존재를 보이려면, 뭔가 움직이는 걸 집어넣어야 한다고. 전기가 없으면 안 되겠지. 안 그래?

'흠. 나름대로는 고민을 많이 한 모양이네.'

스스로의 존재감을 어필하기 위해 노력한다는 건 누가 시켜서 할 수 있는 것이 아니다.

민수도 감탄한 표정이었다.

"선배. 대단하네요."

솔직히 내가 봐도 대단했다.

나라도 그런 상황에 처하면, 어떻게든 나를 어필하려고 몸부림을 쳤을 테니까.

'시키는 대로만 하는 녀석들은 절대로 저렇게 할 수 없지.'

보람을 잡은 것은 올바른 선택이었다.

앞으로도 녀석은 위기 처했을 때, 스스로 돌파구를 찾아낼 것이다.

'아쉬운 것은 저 성격이지.'

행동대장으로 딱 좋은 성격.

하지만 내게 필요한 것은 행동대장이 아니라, 스스로 생각하고 적재적소에서 능동적으로 활약할 인재였다.

민수가 있지만, 그 혼자만으로는 부족했다.

'보람에게 책임감만 잘 심어준다면, 아주 좋은 재목이 되겠어.'

보람에게 말했다.

"그 아이디어 밀어줄 테니까. 팀을 꾸려 봐."

책임감을 키우는 데 뭐가 필요할까?

책임감을 느낄 일을 맡겨 주면 되는 거지.

보람이 난감한 표정을 지었다.

"난 사람들 다루는 데는 영 젬병이야."

"그러니까 맡기는 거야. 그 팀을 이 프로젝트가 끝날 때까지 사고 없이 잘 이끌 수 있으면, 널 특채 일 순위에 올려 주지."

보람의 눈이 커졌다.

"정말이야?"

"그럼! 정말이지."

민수가 나를 말리며 말했다.

"형. 그런 약속을 벌써 하시면……."

"이 녀석은 민수 너하고 달라서, 힘들 거야."

맡기면서도 믿지는 않는다는 듯, 고개를 젓는 나에게 보람이 흥분한 목소리로 말했다.

"한다고! 반드시 해낼 테니까, 그때 가서 너, 딴소리나 하지 마라."

피식 웃으며 말했다.

"일단 해 봐. 팀은 민수랑 의논하면 될 거야."

실패를 한다고 해도, 분명히 얻는 것이 있으리라.

일어서는 보람에게 말했다.

"내가 왜 너한테 자중하라고 한 줄 알아?"

"그야 분위기를 해치니까, 그랬겠지."

"물론 그것도 있지만, 더 큰 이유가 있지."

"다른 이유?"

고개를 끄덕이며 말했다.

"넌 독불장군 타입이야. 집중력이 좋고, 목적이 있으면 질주를 하는 스타일이지."

보람도 동의하며 고개를 끄덕였다.

"실력이 있으니까, 무소처럼 혼자서 달려 나갈 수도 있겠지. 하지만 질주가 끝나고 뒤돌아봤을 때, 널 따르던 자들이 얼마나 남아 있을지를 곰곰이 생각해 보라고."

보람이 잠시 골똘히 생각하더니, 고개를 끄덕였다.

"충고 고마워. 실망시키지 않을게."

성훈이 일어섰다.

"민수야. 난 대목장 어르신 만나러 갈 테니까, 팀 인수인계 확실하게 해라. 알았지?"

보람이 물었다.

"그 어르신은 왜 만나러 가는 거냐?"

"네가 사고 친 거 마무리 지으러 간다. 앞으로 또 이런 일 생기면, 그대로 안 넘어가니까. 조심해!"

"걱정 마. 싸나이 윤보람! 약속은 지킨다!"

성훈이 나가고, 보람이 물었다.

"민수야. 성훈이 쟤. 나랑 동갑 맞냐?"

"왜요?"

"얘기하는 게 전혀 내 또래 같지 않잖아."

"선배가 봐도 그렇죠. 저도 가끔은 그런 생각이 들어요.

형. 말이나 생각하는 게 우리랑 많이 다르죠?"

"그렇지?"

"네. 저번에 현재건설 쪽과 계약을 할 때도 보니까, 직장 생활 많이 해 본 것처럼 꼼꼼하고 빈틈이 없더라고요."

"흠. 그렇단 말이지?"

보람이 고개를 끄덕이며 생각에 잠겼다.

"그런데 선배. 아까는 무슨 생각을 그렇게 골똘히 하신 거예요?"

"아! 별거 아냐. 성훈이가 마지막으로 한 말이 무슨 뜻으로 말한 건지 생각하고 있었어."

민수가 도우미 명단을 펼치며 물었다.

그걸로 팀을 구성할 모양이었다.

"선배가 보기엔, 이번 프로젝트가 어떻게 끝날 것 같아요?"

"왜 그런 걸 나한테 묻는 거냐?"

"성훈 형은 대상을 탈 거라고 확신하지만, 전국에서 날고 기는 사람들이 총출동할 텐데, 전 솔직히 쉽지 않아 보여요. 말하기야 쉽지만."

보람이 민수의 어깨를 두드리며 말했다.

"걱정하지 마라. 민수야. 이 형만 믿어라."

지금 당장 제 앞가림도 하기 힘든 사람이 큰 소리는.

그러면서도 듬직한 것은 어쩔 수 없었다.

"성훈이가 날 믿고 이렇게 팀을 맡겼는데, 기대에 부응해야 하지 않겠어? 나도 할 때는 한다고."

아까 성훈이 나가기 전에 귀띔을 했었다.

가장 문제 칠 것 같은 녀석들만 모아서 보람에게 주라고 말이다.

잘되든 못되든, 고생은 원 없이 하게 될걸.

"긍정적인 생각 보기 좋은데요. 이번에 선배가 잘하면 성훈 형도 대충 넘어가지는 않을 거예요. 일에는 혹독한 대신에 그 보상도 확실히 주는 사람이거든요."

"정말 그러냐? 난 아직 성훈이를 잘 몰라서 말이야."

"건축학과 어느 사람에게 물어봐도 같은 대답이 나올 거예요. 성훈 형처럼 논공행상이 확실한 사람은 없다고요."

민수가 보기에 성훈은 돈 욕심이 없어 보였다.

스타타워 건만 봐도, 성훈의 역할이 제일 컸으니까, 비율을 더 가져가도 될 텐데, 정확히 네 명분을 나누어 분할했었다.

'인당 일억이 넘는데, 나라면 욕심났을 텐데.'

하지만 성훈은 그러지 않았지.

보람이 물었다.

"민수 넌, 어떻게 성훈이랑 만나게 된 거냐?"

"성훈 형을 만나기 전의 전…… 말해도 안 믿으실 거예요."

민수는 보람과 발을 맞추며, 작년부터 시작된 성훈과의 인연을 이야기해 주었다.

보람이 감탄 섞인 말을 내뱉었다.

"히야! 녀석은 아주 학과 전체를 들었다 났다 하는구나."

민수가 멋쩍게 웃었다.

"현재건설도 들었다 났다 하는 걸요. 성훈 형한테 걸리면 다 그렇다고 봐도 돼요."

"든든하겠네."

"그럼요. 형이 뒤에 버티고 있으면, 이번처럼 큰 프로젝트도 아무것도 아닌 것처럼 느껴진다니까요. 진짜로. 누가 공과대 전체를 끌어들일 생각을 했겠어요."

"듣고 보니 나랑은 스케일 자체가 다르구나."

보람이 민수를 부러운 눈으로 쳐다보았다.

"부럽다. 저런 녀석을 형으로 둬서. 나도 건축학과로 들어올 걸 그랬다."

"하하. 그럴 것까지야."

"말이 그렇단 말이지. 저런 사람을 평생에 한 명이라도 만나면 나는 소원이 없겠다."

인연이 닿았지만, 너무 늦었다.

보람은 안타까웠다.

'조금만 더 일찍 만났더라면 좋았을 것을.'

이제 졸업에 코앞으로 다가왔으니, 만날 시간도 얼마 없으리라.

'쩝. 그래도 만났으니, 확실하게 눈도장을 찍어둬야지.'

입버릇처럼 말하던 목숨 바쳐 함께하고픈 사람을 만난 것이다.

'아직은 그렇게 마음을 줘선 안 되지.'

조금 더 검증할 시간이 필요했다.

하지만 이렇게 주변을 챙길 줄 알고 안목이 있다면 열 목숨이 아까우랴! 옆에만 있어도, 민수처럼 성장하는데 말이야.

민수 말에 따르면, 성훈을 만나기 전에는 내성적이고, 과에서 아는 사람이 거의 없다고 하지 않던가?

지금도 그런 모습이 가끔 보이기는 하지만, 민수는 실질적인 프로젝트 매니저였다.

성훈이 없었다면, 과연 가능했을까?

'나도 그 녀석과 함께 일해 보고 싶어. 가급적이면 오랫동안.'

속으로 실망을 하고 있는데, 민수가 말했다.

"하지만 성훈 형도 선배를 좋게 보고 있으니까, 큰 실수만 하지 않으시면 될 거예요."

민수가 말을 이었다.

"혹시 또 알아요? 나중에 현재건설에서 같이 일하게 될지도 모르구요."

보람의 눈동자가 커졌다.

"정말이냐? 성훈이 현재건설로 갈 거래?"

"아마 그렇지 않을까요? 현재건설에서 성훈 형에서 쓸데 없는 짓만 하지 않으면요."

"현재가 유력하긴 하지만, 녀석이 꼭 그리 갈 이유라도 있 는 거냐?"

"성훈 형하고 관련된 이사만 셋이에요. 그때 왔던 양 이사 님이랑 곽 이사님, 그리고 또 한 분은 별로 사이는 좋지 않 지만, 최 이사님도 있죠."

'아! 현재도 들었다 났다 한다는 게 이 말이었구나.'

"야! 그게 가능해? 혹시 성훈이 현재그룹하고 무슨 연관 있는 거 아니냐?"

민수가 고개를 도리 치며 부인했다.

"그렇게 생각하는 사람들 많은데, 전혀 아니에요."

"그럼 실력으로만?"

"네! 확실해요."

"그런 드라마에서나 나오는 짓을 진짜로 하는 인간이 있 구나."

하긴 민수가 생각해도 상식으로 설명할 수 없는 일이 많 았다.

보람에게 웃으며 말했다.

"나중에 성훈 형 없을 때, 학생회실로 놀러 오세요. 제가 형하고 관련된 얘기들 해드릴게요. 진짜 말도 안 되는 일이 더 많거든요."

민수가 말을 이었다.

"그리고 아시겠지만, 선배와 관련된 특채 건은 아무에게도 말하지 마세요. 괜한 분란이 일어날 수도 있거든요."

"알았어. 걱정 마. 성훈이가 특별하게 기회를 준 거란 건 나도 아니까. 반드시 이 미션 성공시켜 볼게."

민수가 확신하며 말했다.

"성훈 형 따라가서 손해 보시는 일은 절대로 없을 거예요. 오히려 적대하다가 박살 나는 사람들은 많이 봤지만."

"나도 건축과 소문은 들어서 알지."

"그런 의미에서, 아까 선배가 참으신 건 잘한 거예요. 괜히 자존심 세웠으면, 이런 제안도 못 받았을 걸요."

"어쩔 수 없지. 나로서는 다른 대안도 없었거든."

매점에서 사과 한 박스를 사 들고 대목장의 사무실로 향했다.

"어르신. 저 성훈입니다."

"기다렸네. 들어오게나."

나를 보며 말을 이었다.

"이런 곳에 오면서 그냥 오면 되지. 사과는 뭐하러 들고 오는가?"

"하하. 사과하러 왔으니까요."

"그래서 사과를 사 왔다고?"

"사과를 받아주세요."

"허허허. 젊은 사람이 농담은."

박 목수의 피식거리는 얼굴이 보였다.

"박 목수님. 기분은 좀 풀리셨습니까?"

"에잉. 어르신께서 저리 싸고도시는데, 어쩌는가? 내가 풀어야지."

"보람이가 성격이 좀 급해서 실수를 했습니다. 너그러이 용서해 주십시오. 앞으로는 녀석도 조심할 겁니다."

박 목수도 아까보다는 확실히 부드러웠다.

"나도 아까는 말이 심했네. 나잇살이나 먹어서 부끄러운 모습을 보였구만."

화기애애한 분위기였다.

"그런데 말일세. 녀석의 지붕을 열자는 말은 도무지 납득이 안 가는군."

박 목수의 말에 대목장을 보며 물었다.

"어르신께서도 그리 생각하십니까?"

"음. 전통을 살리자고 사람들을 모았는데, 젊은 녀석들은 전통을 제대로 알지도 못하면서 바꿀 생각을 먼저 하니, 이걸 어찌 해석해야 할지 난감하구먼."

"네. 그렇군요. 실은 어르신께 그 문제를 상의를 드리러 왔습니다."

이들이 오해를 하면, 이번의 프로젝트는 물론이요, 차후의 전통 부활 계획도 물 건너간다. 한 번 잃은 신뢰를 되살리는 것은 거의 불가능에 가깝지 않던가.

박 목수가 말했다.

"대목장 어르신께서는 자네가 무슨 말을 해도 들어줄 것처럼 말씀을 하신다만, 나로서는 영 내키지 않는다네."

"뭐든지 궁금한 게 있으시면 여쭤보십시오."

"새로운 시도를 한다는 것은 응당 찬성하는 바이나, 그것은 어디까지나 기본에 충실한 상태를 전제하는 걸세."

"당연하지요."

"그런데 전통에 조예도 없는 학생들이 제멋대로 변화만 추구하는 것은 찬성하기가 어려워."

그의 염려가 뭔지 알고 있었다.

그들이 평생을 지켜온 것들이 아니던가?

문명의 이기를 멀리하며, 스스로 고행하듯 살았던 사람들이다.

그런데 보람이 제안했던 것처럼 새로움이 주가 되어 버리면, 그들의 신념이 무시당하는 기분이 들지 않을까?

기본이 전통에 있지 아니한데, 과연 그것을 전통적인 것이라 부를 수 있을 것인가?

박 목수를 보며 말했다.

"그래서 전통건축학과를 만들려고 했던 겁니다."

"성훈 군. 내가 가방끈이 짧아서, 탁 찍어서 말 안 하면 못 알아먹는다네. 그리고 이런 식으로 교과과정이 새로움에만 중점을 둔다면, 나 같은 늙다리들은 필요 없지 않겠나?"

박 목수가 차로 입을 축이고 말을 이었다.

"요즘 퓨전이니 뭐니 하면서 어이없는 짓거리를 하는 것들이 많던데, 차라리 그놈들을 데려오는 것이 아이들에게는 더 나을지도 몰라. 본질이야 둘째쳐도, 껍데기는 화려하더구먼."

그는 서운한 감정을 숨기지 않았다.

대목장을 보며 말했다.

그를 설득할 수 있다면, 다른 사람들은 최 옹이 알아서 끌어들일 테니까.

"어르신. 학교에서 최초 2년간은 무조건 정통적인 방법을 고수하는 것이 어떻겠습니까? 원래 지금쯤 어르신과 상의를 하려고 했던 겁니다. 이런 염려를 하실 것 같아서 말입니다."

최 옹이 박 목수를 보며 눈을 꿈뻑했다.

"그렇게 생각했었나? 허허허."

대목장이 말을 이었다.

"우리가 걱정한 것이 기우였어. 이미 거기까지 생각을 해 둔 줄 모르고 말일세. 허허허."

"기본이 탄탄하지 않으면 뭘 해도 제대로 되지 않으니까요. 그리고 3학년 때부터는 현대의 문화와 접목시키는 수업을 진행하는 겁니다. 그렇게 하면 처음 배운 전통이 기초가 되어서 어떤 일이 있어도 잊어버리지 않을 겁니다."

박 목수도 고개를 끄덕이며 듣고 있었다.

"그 말은 일리가 있구만."

"원래대로라면 기본이 충실한 학생들을 지도하며, 박람회를 준비해야 할 것입니다."

"원래대로라면 그게 맞겠지."

"하지만 지금은 특수한 상황이죠."

우리에게 준비된 것은 아무것도 없었다.

"전통학과는 아직 창설되지 않았으며, 학생들이 준비되었을 때, 또다시 이런 박람회가 있을지도 미지수입니다."

최 옹과 박 목수가 수긍했다.

"어르신. 저 친구 말마따나 이번 기회를 놓친다면, 두고두고 후회를 하게 될 것 같군요."

최 옹이 그의 말을 받았다.

"그렇지. 그 기회가 다시 온다고 해도, 성훈이는 이미 졸업을 하고 없겠지."

"네. 그래서 저는 이 기회를 이용해서, 어르신을 모셔온 원래 목적대로 전통학과의 창설을 서두르려 합니다."

내가 학교를 졸업하고 나면, 과연 지금처럼 신경을 쓸 수 있을까?

전국 곳곳으로 때로는 해외로 빨빨거리며 돌아다닐 텐데?

내게 주어진 기회는 지금 뿐이었다.

"자네가 없다면, 지금처럼 빠른 추진이 어려울 거야. 총장 어른도 보아하니, 자네를 믿고 이런 거사를 추진한 것으로 보이더군."

박 목수는 믿을 수 없다는 표정이었다.

"그 총장이 이 친구를 믿고 일을 추진했다고요? 그 능구렁이 같은 영감이요?"

"확실하네. 나한테는 관심도 없고, 말끝마다 성훈이를 들먹이는 걸로 봐서는."

그가 사뭇 달라진 눈으로 나를 주시했다.

"어르신들. 그러려면 기본도 중요하지만, 사람들의 눈길을 휘어잡을 새로운 것이 우선되어야 합니다."

"끙. 그래도 쉽지 않을 걸세. 기본이 없으면."

"거기에는 대책이 있습니다."

"대책이 있다고?"

"네. 대목장께서 모으신 장인들이 계시잖아요. 그분들처럼 기본이 철저한 분들이 또 있을까요?"

"그야 당연한 말이네만. 그 사람들은 가르치려고 불러온 이들인데, 학생들과 똑같이……."

"지금은 체면을 생각할 때가 아닙니다. 무조건 설득해서 끌고 가야 합니다. 학과의 창설도 이번 프로젝트의 성공 여부에 달려 있다고 해도 과언이 아닐 겁니다."

"그 둘이 연관이 있는 건가?"

"자연스레 홍보가 되지 않겠습니까? 그리고 무엇보다 현재건설이라는 곳에서 전통문화에 대해 관심을 가지고 있고, 그런 인재를 원한다는 홍보도 되겠지요. 배우려는 학생들이 없는데, 스승의 존재가 무슨 가치가 있겠습니까?"

"그렇군. 그럼 무조건 성공시켜야겠군. 장인들을 끌어 모은 것이 헛수고가 되지 않으려면."

"제 말이 그 말입니다. 어르신."

가르치려 하여도 배우는 자가 없다면, 가르침이 무슨 소용이 있겠는가?

'함께하는 것만큼 서로를 이해하게 되는 것이 또 있을까?'

좀 더 능동적인 참여가 가능하리라.

박 목수가 말했다.

"어르신. 급하게 먹는 떡이 체한다고. 저 친구 말에 너무 끌려가시는 것 아닙니까?"

"우리를 위해서 하는 말인데, 들어봐야지. 그리고 맞으면 실행해야 하지 않겠는가?"

"어르신께서 정히 그리 원하신다면야……."

내가 들어도 말의 앞뒤가 안 맞는 게 있었다.

하지만 사정의 다급함을 들어 당장의 위기는 넘겼다.

일단 방침을 정하고 질주하기 시작하면, 그때는 반론을 하고 싶어도 못한다.

기호지세(騎虎之勢)처럼 몰아붙일 테니.

그리고 결과가 나오면, 내 말이 옳았다는 것을 인정할 것이다.

나를 믿어주는 최 옹이 고마웠다.

'휴. 최 옹이 지금은 넘어가 줬지만 나중에 자세히 설명을 드려야겠군.'

최 옹이 차를 재차 따르며 물었다.

"자네가 원하는 방향을 소상히 말해 보게나."

마음을 다잡고 차분하게 말했다.

"지금까지의 전통은 정적이었습니다."

정적(靜的)이라는 말.

그것은 지루함과 이어지기도 한다.

가만히 있으니 마음은 고요하나, 움직임이 없어 금방 싫증이 난다.

유교주의가 지배하던 구세대에서는 있는 그대로를 받아들일 수 있었다.

하지만 'X 세대'라 하여 튀기 좋아하는 젊은이들에게 잘 융화될 수 있을까?

그들은 곧 다음의 기성세대는 될 것이다.

성향이 다른 것들이 살아남을 수 있을까?

'지난 삶에서 봤듯이, 전통은 제자리걸음만 반복하다, 도태된 건지도 모르지.'

"정적이라……. 과연."

"물론 사물놀이나 농악처럼 흥겨운 것도 있습니다만, 적어도 건축에서는 움직임을 시도한 적이 없습니다."

"그럴 수밖에. 우리는 선조들의 가르침을 그대로 이어 가고자 했으니 말일세."

"하지만 그런 방법으로는 구태를 벗어나지 못합니다. 사람들의 관심은 어림도 없지요."

지금 전통건축이 처한 상황이 결과를 말해 주는 것 아니던가?

'시간이 지날수록 신세가 더 처량해집니다.'

"전통은 그저 전해지는 것이 아니라, 사람들 속에서 살아 움직여야 합니다. 그리고 관심 속에 있어야, 진정한 의미의 보존이 가능해집니다."

"그렇게 확신하는 연유가 있으렸다?"

예를 들 것은 많았다.

"지금 씨름을 보십시오. 10년 전만 해도 이만기처럼 내로라하는 선수가 나와서 흥행을 이끌었지만, 지금은 그렇지 못합니다."

"그건 국가의 지원도 미흡하려니와, 다른 경기에 더 열광하니 그런 것 아니겠나?"

맞는 말이지만, 내게는 핑계로 들렸다.

목숨 줄이 달린 건 나 자신인데, 왜 국가를 탓한다는 말인가?

믿을 수 있는 건, 나 자신밖에 없지 않을까?

박 목수의 말에 반론했다.

"그렇게 따지면 일본의 스모도 우리와 비슷한 상황이라야 하는 것 아닐까요?"

일본이라고 국가의 지원을 엄청나게 받을까?

그 방면의 전문가가 아니라서 확언할 수는 없으나, 더 중요한 것은 아직도 살아 있다는 것이다.

"흥. 그 동네는 외국인도 '요꼬즈나(천하장사)'를 한다고 하더구먼. 외국인들에게 다 빼앗기고. 몇 년이나 가겠어? 스스로 자신들의 정체성을 무너뜨렸어. 자존심도 없는 놈들."

'하지만 그 말은 틀렸습니다.'

씨름이 고전을 하던 십여 년 후에도, 스모는 흥행했었다.

"박 목수님의 말도 한편으로 맞겠지요."

"그려. 잔나비 같은 왜놈들이 전통을 뭘 알겠어? 자부심도 없는 놈들!"

'저도 처음엔 그렇게 생각했습니다.'

애초에 스모에 외국인이 웬 말이던가?

피부색이 전혀 다른 선수가 마와시(스모의 샅바)를 매고 등장하는 것이 어울리기나 할까?

하지만 그들은 그 선택을 강행했다.

'그리고 옳았지. 끈질기게 살아남았으니까.'

운이 좋았다기보다는, 스모 협회의 생존 열의가 만들어낸 쾌거였다.

보수적 단체로 유명한 스모 협회가 그런 결정을 내리기까지, 내부적으로 얼마나 많은 몸살을 겪었을 것인가?

흥행을 위해서 외국인 선수를 데리고 들어오고, 따분한 승점 따기가 아닌 치열한 격투를 유도하며, 국민들의 관심을 받으려고 몸부림치지 않았을까?

"하지만 우리 씨름은 스모처럼 변신에 성공하지 못했고, 결국은 지금의 꼴이 되었습니다."

"그럼 우리 씨름 선수들도 흑인이나 백인이 들어와야 한다는 말이냐? 그게 전통이라는 말을 붙일 수 있어? 외국인들이 천하장사를 하면, 우리 민족의 자부심이 살아나겠느냐! 이 말일세."

'개똥밭에 굴러도 이승이 낫다고요.'

이미 사라져버린 전통문화들은 그 뿌리조차 찾기 어렵다.

훨씬 더 다양할 수 있었던, 미래의 전통문화는 단조로워졌다.

그 원인이 어디에 있을까?

씨름이나 전통건축이나, 죽음을 앞두고 있다는 면에서는 오십 보 백 보다.

차로 목을 축이며 말했다.

"어르신들. 저는 씨름의 쇠퇴 원인을 대중의 무관심이라고 보지 않습니다."

"그럼 뭐라고 생각하는가?"

소비자는 냉정하다.

아무리 씨름을 사랑하자고 외쳐봐야, 재미가 없으면 공허한 메아리에 지나지 않는다.

먹고 살기 바쁜 사회에 시간을 쪼개가며 즐길 거리를 보며 쉬기를 원하는데, 누가 재미도 없는 것에 채널을 두겠는가?

'한두 번이야 할 수 있겠지. 계속 그것을 강요하는 것은 무리이리라. 아무리 황금시간대를 씨름으로 채운대도, 보지 않지.'

이런 상황임에도 일방적으로 국민들을 탓할 수 있을까?

대목장들을 보며 말했다.

"무관심은 결과일 뿐입니다."

"원인이 아니고, 결과라고?"

"네! 무관심 때문에 씨름이 쇠한 게 아니라, 재미가 없어서 관심이 사라진 겁니다."

최 옹은 아까부터 듣기만 했고, 박 목수가 미간을 좁히며 물었다.

"이거나 그거나 똑같은 말 아니냐?"

"전혀 다른 말입니다. 하지만 어찌 되었든 결과는 바뀌지 않습니다."

"무슨 결과?"

어깨를 으쓱하며 답했다.

"사라지는 것은 전통이지, 대중은 아니라는 거죠."

최 옹이 처연히 고개를 끄덕였다.

나도 마주 고개를 끄덕이며 말을 이었다.

"어르신들의 빈자리를 차지하는 것은 더 화려하고 말초신경을 자극하는 것들이겠지요. 아까 말씀하셨던 퓨전이 될 수도 있고요."

"끙. 어찌 그런 잡스러운 것들이…….."

박 목수의 신음성이 들렸다.

"그것들이 자리를 잡게 되면, 기존의 전통공예들은 더더욱 설 자리를 잃게 될 겁니다."

그는 입술을 지그시 깨물었다.

'아프신 거 압니다.'

듣고 싶지 않았던 말이리라.

어렴풋이 예감한 죽음이 확정되어버리면 이런 느낌일까?

주인에게 버림받은 개의 심정이 이러할까?

말없이 어깨를 늘어뜨린 그들에게 말했다.

"그 무관심의 다음 차례는 전통건축이 될 겁니다."

사실은 이미 무관심하다.

하지만 그런 독한 말로 이들의 사기를 죽일 필요가 있을까?

'대중의 잘못?'

대중은, 존재 그 자체로 법이며 진리이다.

적어도 민주주의 사회에서는.

대중을 비난하는 것은 대세를 거스르는 것과 같다. 이보다 어리석은 게 세상에 또 있으랴?

여전히 최 옹은 무심하게 차를 들이켰다.

박 목수는 어지간히 내가 맘에 안 드는 모양이었다.

"끄응. 네 녀석! 날이라도 잡은 게냐? 쓰디쓴 말만 골라서 하는구나."

"원래 좋은 약은 입에 쓴 법입니다."

박 목수가 내 눈치를 살피며 물었다.

"하지만 설마! 그렇게까지 심각하려고? 일부러 과대 해석 하는 것 아닌가?"

이들은 젊은 세대를 모른다.

그것도 심각할 정도로.

살아온 세월이 다르고, 보는 관심사라 다르니, 세대 차이 는 발생할 수밖에 없다.

그리고 그것은 대부분…… 심각한 문제의 원인이 된다.

그의 말에 고개를 저었다.

"아뇨. 오히려 줄여서 말씀드린 겁니다. 전통문화 중 절반이 사라지는 시간은 지금부터 10년이 채 안 걸릴 겁니다."

둘 다 '설마?' 하는 표정으로 미간을 모았다.

"어르신들이 기억하시던 전통공예 중에, 십 년 전과 비교해서 남아 있는 게 뭔지를 확인해 보시면 됩니다."

너무 자연스럽게 사라져서, 없어지는 줄도 몰랐겠지.

내 아버지 세대의 혼수품목 일 순위였던 나전칠기 장롱들은 신식 붙박이장에 밀려 자취를 감췄다.

사회는 발전하고 생활은 부유해졌지만, 전통공예인들의 삶은 더욱 어려워졌다.

그들의 작품은 싸고 세련되어 보이는 것들에게 자기 자리를 빼앗기고 역사의 뒤안길로 사라졌다.

"생각이 잘 안 나시면, 더 단순한 예를 들지요."

최 옹이 고개를 끄덕였다.

"요즘 애들 중에서 '자치기'가 뭔지 아는 아이가 있을까요?"

"……."

"굴렁쇠 굴리기는요?"

굴렁쇠 굴리기는 올림픽에 등장했었다.

그렇다는 말은 그만큼 한국을 대표하는 놀이라는 말이 아닐까?

정작 나는 많이 즐기지 않았었다.

지금은 남아 있는가?

이들은 대답할 수 없으리라.

'요즘의 아이들이 뭐에 관심이 있는지, 전혀 모를 테니까.'

최 옹은 말없이 찻잔을 들었다.

박 목수도 차를 마시며 최 옹의 심기를 살폈다.

"어르신. 오늘 차가 유난히 씁니다."

나도 찻잔을 들며 말했다.

"'세대 차이가 난다.'는 말이 나오면, 이미 늦은 겁니다. 기회는 지금뿐입니다."

월드컵이 성공적으로 끝나고, 젊은이들의 해외 진출이 더욱 활발해지면, 세대 간의 골은 좁힐 수 없게 된다.

박 목수가 나를 보며 쏘아붙였다.

"자네. 너무 말을 안 거르고 하는구먼."

"저는 그저 사실만 말했습니다."

선택은 그들의 몫.

그들에게 선택을 강요했다.

"지금이라면 아직 방법이 있어요."

두 중늙은이가 나를 쳐다본다.

최 옹은 묵묵부답, 박 목수가 나섰다.

"어떻게?"

"스모의 지나간 길을 따라가면 돼요."

박 목수가 벌떡 일어났다.

상황을 알았다고 해도, 내키지 않으면 하기 싫은 법.

"지금 왜놈들처럼 자존심이고 뭐고 다 버리고, 스스로 무릎을 굽히라는 말인가?"

말 없던 최 옹이 나지막하게 입을 열었다.

"박 목수. 자리에 앉게나."

"어르신. 이런 건방진 소리를 참고 들으라는 말씀이십니까? 구천에 계신 어르신들께 부끄럽지 않습니까? 뭐라고 말씀을 좀 보십시오. 왜 아까부터 꿀이라도 드신 마냥, 한 마디도 없으신 겝니까?"

분을 참느라, 얼굴이 벌게진 박 목수가 제 가슴을 텅텅 친다.

허나 최 옹은 다른 생각 중인 듯, 눈을 지그시 감고 큰 숨을 들이쉬었다.

최 옹이 말했다.

"성훈이 말대로 하지. 자네는 건너가서 장인들을 건너오라 하게."

"그게 무슨 말씀이십니까? 지금 선대 어르신들이 이어오신 고고한 정신을 여기서 굽히자는 말씀이십니까?"

'역시 오늘은 차가 쓰네.'

최 옹이 진중하게 말을 이었다.

"자네들 말을 들으며 자문자답을 해 봤네. 우리 늙은것들이 어리석게도, 전통 쇠퇴의 원인을 남에게만 돌리고 있었던 것은 아닌가? 하고 말일세."

"우리가 할 일을 등한시했다는 말씀입니까?"

그는 납득하지 못하는 모습이었다.

물론 노력한다고 말하겠지.

그게 그분들의 최선임도 안다.

'세상이 바뀌었습니다. 그리도 더 빨리 변할 겁니다.'

"그게 아닐세. 어른이 되어서, 아이들에게 가르치려만 들었지. 아이들이 장성한 것은 미처 깨닫지 못했다는 말일세. 무엇을 좋아하는지도 모르면서, 예로부터 그래왔으니 너희도 그래야 한다고 떼를 써온 것이 아닌가 말일세."

"어르신. 장유유서라 했습니다. 어른이 가면, 아이가 따르는 게 당연한 이치입니다."

최 옹은 고개를 저었다.

"아니야. 우리보다 잘 배우고, 더 똑똑한 아이들일세. 아무렴 우리보다 시대를 모를까?"

최 옹의 말이 이어졌다.

"이런 아이조차도 전통의 생존에 대해 염려하고 있건만, 우리는 타성에서 빠져나오지 못하고, 오히려 그들의 행보에 걸림돌이 되지는 않았는지 진중히 생각해 봐야 할 것이네."

"어르신!"

최 옹이 호통을 쳤다.

"박무진이. 네 이놈! 더벅머리 아이에게 배웠으면 부끄러운 줄을 알아야지."

벽력같은 호통에 박 목수의 몸이 굳었다.

"어, 어르신……."

"그리고 배웠으면, 행해야지!"

최 옹의 준엄한 말이 이어졌다.

"내, 하나 묻겠네."

"말씀하시지요."

박 목수가 머리를 조아렸다.

"대를 이을 제자를 찾았는가?"

"그야……."

"여기서 대(代)가 끊어지면, 자네는 구천에 계신 스승께 뭐라 변명하겠는가?"

"……."

"'자존심은 지켰다!' 그리 말할 텐가?"

"허나, 어르신."

대목장이 언성을 높였다.

"그 입! 자존심(自尊心)을 챙기려다, 자존(自存)을 잃어버릴 뻔했다니, 이 얼마나 통탄할 일인가?"

"……."

"그러고도 자네는 저승에 가서 스승을 뵈올 낯이 있는가?"

최 옹의 주름진 눈가가 촉촉해졌다.

"적어도 나는 얼굴을 뵈올 자신이 없다네."

박 목수는 더 말을 잇지 못하고 고개를 숙였다.

"자네는 내가 시킨 대로 하게. 당장!"

"네. 말씀 바로 받자옵지요."

그가 자리를 비우자, 최 옹이 말했다.

"부끄러운 모습을 보였네. 이 일은 우리 늙은이들끼리 합의를 볼 것이네. 자네가 제시한 대로 될 터이니, 염려 마시게."

"반대하시는 분들도 꽤 있을 것 같습니다만……."

나의 염려에 최 옹이 말했다.

"만장일치야 되겠는가? 안 되면 나 혼자라도 해야지. 힘들게 이어왔는데, 내 대에 끊어져서야."

작게 한숨을 내쉰 대목장이 말했다.

"자네 말대로 진행될 터이니, 준비나 하러 가시게. 그리고 더 이상 장인들과 마찰은 없을 것이네."

"그럼 저는 물러가겠습니다. 어르신."

고개 숙여 인사를 하고 자리를 피했다.

대목장이 나서서 솔선수범한다면, 확실히 마찰은 줄어들 것이다.

오늘따라 발걸음이 천근만근, 입에서 단내가 올라온다.

귓가를 스치는 바람이 속삭인다.

'네가 좀 더 준비되었더라면, 할 수 있는 게 더 있었을 텐데, 네 사정 때문에 그분들께 너무 급한 선택을 강요한 건 아닐까?'

머리를 흩뜨리며, 바람을 쫓아냈다.

'항아리로 원숭이를 잡는다고 했던가?'

자존심이란 항아리 속의 밤과 같다.

꽉 움켜쥐고 있는 한, 항아리에서 도망칠 수 없다.

마지막 결정의 순간.

밤이 아까워 움켜쥔 주먹을 놓지 못하는 어리석은 원숭이가 될 것인가?

일단 놓고 다음 기회를 노리는 영리한 원숭이가 될 것인가?

69장
곽 이사의 선물

며칠 후 아침.

최 옹이 내 방을 찾아왔다.

'이제야 결론이 난 모양이군. 시간이 좀 걸렸네.'

소파에서 민수와 얘기를 나누다가 일어나 인사했다.

"어르신, 그러지 않아도 찾아뵈려고 했었는데."

"바쁜 네가 걸음 할 필요가 있겠느냐?"

그에게 자리를 권하며 민수에게 말했다.

"오늘 아침에 온 차 있지? 그걸로 부탁한다."

"곽 이사님이 보내신 거요?"

고개를 끄덕이며, 자리에 앉았다.

최 옹이 자리에 앉으며 말했다.

"성훈이 자네 말을 따라주기로 했네."

"감사합니다, 어르신."

고개를 숙이며 감사를 표했다.

"의견을 모으기가 쉽지 않으셨을 텐데, 반발은 없었습니까?"

"다 늙은것들이 반발할 힘이나 있겠나? 설령 있다고 한들, 자네가 걱정할 일은 아닐세."

'하지만 어르신 말처럼 그리 간단한 거였다면, 이렇게 며칠이나 시간이 걸렸을 리가 없죠.'

며칠 새, 그의 이마에 주름이 늘어난 것처럼 보였다.

이야기하는 사이, 민수가 다기를 내어왔다.

최 옹이 물었다.

"이건 못 보던 건데, 어디서 났는가?"

고풍스러운 다기를 보며, 최 옹이 물었다.

"저번에 왔었던 곽 이사가 보낸 겁니다. 중국에서 귀한 차를 구했다고, 생각이 났다면서 같이 보내 왔더라고요."

그 말을 들은 민수가 차를 따르며, 작게 피식 웃었다.

어제 곽 이사와의 통화를 들었기 때문이지.

"한국 사람이 정 없게! 보내려면 두 개를 보내야지. 쪼잔하게 하나가 뭡니까? 예!"

곽 이사 나름대로는 호의를 보인 것인데, 그걸 내가 뺏어 왔기 때문이다.

어쩔 수 없었다.

'최 옹에게 하나를 드리고 나면, 나는?'

남은 게 없잖아!

그저께 있었던 일이었다.

"곽 이사님. 어쩐 일이십니까?"

─그게 중국 출장을 다녀왔는데, 좋은 차(茶)가 들어와서 말이지요.

"저 때문에 사 오신 건가요?"

─하하. 그건 아니고 중국 거래처의 사장이 선물을 하더라고요. 제가 우리 회사에서 잘 나가는 건 또 어떻게 알았는지. 하하하하.

'기, 승, 전, 제 자랑이지.'

하긴 작년에 압둘의 몰딩 가격을 두 배로 올리고, 알리의 호텔을 수주한 이후부터 곽 이사의 역량이 재평가되었다는 소문은 들었다.

"그거 짝퉁 아니에요? 중국엔 그런 거 많다던데."

그가 펄쩍 뛰듯이 말했다.

"그게 무슨! 이게 얼마나 귀한 차인 줄 아십니까? '송빙호(宋聘號)'라고요. 중국 부자들도 없어서 못 먹는 거란 말입니다."

그는 보이차 중에서도 극상품이라며, 차에 대한 자랑을 늘어놓았다.

지난 삶에서 저렴하게 살았던 내가 보이차 같은 것을 알리가 있나?

'그저 고급 차려니 하는 거지.'

그의 말을 백분 신뢰하지는 않지만, 확실한 것 하나는 있었다.

곽 이사 정도 되는 자에게 선물할 때는 절대로 싸구려를 하지 않는다는 것이다.

'선물이라기보다는 뇌물에 가깝겠지. 그리고 많이 받아봤으니, 품질은 더 빠삭할 것이고.'

중국 거래처의 사장의 정성이 담긴 것이리라.

곽 이사가 말을 이었다.

"그리고 보이차 전문가에게도 확인을 받았습니다. 한 움큼만 팔면 안 되냐는 걸, 제가 성훈 님 드리려고 안 된다고 했단 말입니다."

아직 보이차 열풍이 불기도 전이었다.

'보이차라……. 한동안 몸에 좋은 차라면서 인기를 끌었는데.'

그의 말에 장난기가 돌았다.

'그런 귀한 차가 있으면, 귀빈이 왔을 때 대접하기 좋잖아. 최 옹께도 한 통 드려야지. 신세를 졌으니, 갚아야 하잖아.'

곽 이사에게 물었다.

"저한테 선물하시려고 전화하신 거예요?"

"그렇습니다. 제가 아니면 누가 성훈 님을 챙기겠습니까?"

"얼마나 주던가요?"

"두 통을 받았습니다. 둘 다 극상품입니다."

"흠."

그가 자랑을 하며, 너스레를 떨었다.

"마음 같아서는 두 통을 다 드리고 싶지만, 성훈 님께서 부담스러워 하실 것 같아서…….'

냉큼 그의 말허리를 치고 들어갔다.

"곽 이사님."

–네. 말씀하십시오.

"부담 갖지 마십시오."

–네? 그게 무슨 말씀이신지.

"저한테 주는 걸 부담 갖지 마시라고요."

–어! 어! 그게…… 거시기…….

"압둘 왕자, 한 건으로 끝내실 겁니까?"

옆에서 민수가 어이없는 표정을 지었다.

"형. 그건 선물이 아니라 갈취잖아요."

재빨리 수화기를 막고, 입에 검지를 붙였다.

"곽 이사한테는 그래도 돼! 사우디에서 기억 안 나냐?"

"하지만 곽 이사님이 불쌍해 보이잖아요."

나는 생각이 달랐다.

'그 정도 이득을 봤으면, 선물을 해도 진즉에 했어야지. 어

디서 딸랑 차 두 통으로……. 산 것도 아니고, 선물 받은 걸로 생색을 내고 있어? 괘씸하잖아!'

좋은 게 있으면, 내 주변을 먼저 챙겨야지.

곽 이사는 이것 말고도 거래처에서 갖다 바치는 게 얼마나 많을 건데.

권력의 자리라는 게 그런 거 아니던가.

곽 이사에게 물었다.

"혹시 부담되세요?"

-하하하. 그럴 리가요.

말과는 달리 이마를 소매로 훔치는 모습이 머리에 떠올랐다.

하지만 결정은 금방이었다.

그에게는 보이차보다, 실적이 더 중요했던 모양이다.

-지금 바로 보내드리지요.

곽 이사에게 말했다.

"이사님. 그거 어떻게 마시면 돼요?"

눈치 빠른 곽 이사, 바로 응답을 했다.

-다기도 차에 어울리는 것으로 보내드리겠습니다. 최고급으로요

"그것도 두 개로 부탁드려요."

그는 이유를 묻지 않았다.

-네. 알겠습니다.

"감사합니다. 이사님. 선물 잘 쓰겠습니다."

–맘에 드셨으면 좋겠습니다.

전화를 끊기 전에 부탁을 했다.

"이사님."

–네. 말씀하시지요.

"이런 선물 종종 부탁드립니다. 저한테 선물하는 거 전혀 부담 갖지 않으셔도 돼요."

–명심하지요.

통화를 끝냈을 때, 민수가 웃음을 참고 있었다.

"현재건설 이사님들께 그렇게 하는 사람은 아마 형밖에 없을 거예요. 날강도도 아니고."

코웃음 치며 말했다.

"흥. 곽 이사가 진짜로 호의로 그러는 것 같아?"

"그럼요? 선물이 그런 의미죠."

"기름칠이지."

"기름칠이요?"

"그래!"

압둘 왕자 건에 대한 감사와 앞으로 생길 일도 자신에게 맡겨달라는 기름칠!

고개를 끄덕이며 말을 이었다.

"절대로 이유 없는 호의를 베풀 사람이 아니거든. 곽 이사는."

그런 내력이 있는 차였다.

최 옹은 내게서 미소를 거두고 민수에게로 눈을 돌렸다.

"오랜만에 손주가 타주는 차를 마셔 볼까?"

최 옹이 갈색으로 우러난 차로 입을 적셨다.

그리고 감탄사를 토했다.

"호오. 이런 차도 있었나?"

새로운 맛에 미간을 좁힌 그에게 물었다.

"입에 맞으십니까? 어르신?"

그는 다시 입김을 불며 한 모금을 마셨다.

"이것 참. 씁쓰름하면서도 감칠맛이 입안에 도는구나."

다시 한 모금을 하고야 그는 만족스러운 표정으로 물었다.

"허허. 이것이 무슨 차인고?

"운남 보이차라고 하던데요."

최 옹이 민수를 보며 웃었다.

"민수가 그걸 어찌 아누?"

"며칠 전에 형이 통화하는 걸 들었어요."

"그래?"

이번에는 나를 보며 물었다.

"이름이 있을 텐데, 무슨 차라 하던가?"

"저도 잘 모릅니다. '송빙호(宋聘號)'라는 차라는데, 중국에

갔더니, 거래처 사장이 주더랍니다. 귀한 차래요."

"호오. 그래?"

그는 '송빙호'를 몇 번 입으로 되뇌고는, 입을 다시더니, 다시 한 잔을 마셨다.

"마실수록 당기는구나. 좋은 차야."

좋아하는 그를 보니, 나도 덩달아 기분이 좋아졌다.

'역시. 다 가져오길 잘했어.'

내 입맛에는 별로지만, 나이 든 사람의 입에는 맞는 것 같았다.

'참! 살면서 곽 이사 덕을 다 보다니.'

차를 음미하는 최 옹에게 말했다.

"혈압에 좋고, 노화 방지에도 좋은 차라고 합니다."

이건 한동안 '귀한 차'라고 매스컴에서 떠드는 바람에 기억하고 있었다.

"나 같은 늙은이에게는 차가 아니라, 보약일세. 그려."

함박웃음을 짓는 그에게 어깨를 으쓱하며 웃었다.

"역시 내 눈이 정확했어. 보통 사람들과는 다르다 생각했는데, 현재건설의 높은 사람에게 선물을 받을 정도라니."

"어디 저를 보고 보냈겠습니까?"

"그럼?"

"제가 어르신 곁에 있으니, 제게 보낸 거죠. 사실은 어르신께 드리라고 보낸 겁니다. 저는 덤으로 선물을 받은 거구요."

그에게 고개 숙였다.

"감사합니다. 어르신. 덕분에 이런 귀한 선물을 받았습니다."

최 옹이 양손을 저으며 말했다.

"허허. 자네가 덤이라니, 어림없는 소릴! 내가 덤이겠지."

"아닙니다. 곽 이사가 어르신을 꼭 챙겨 달라며 두 통을 보내던 걸요."

"정말? 현재건설 곽 이사가 나를 알던가?"

그의 의혹스러운 물음에 웃으며 답했다.

"모를 리가 있겠습니까? 이번 박람회의 주역이신데."

최 옹이 기분 좋은 너털웃음을 터뜨렸다.

"허허허. 빈말이라도 기분이 좋구먼."

마른 입술에 침을 발랐다.

"사실입니다! 어르신."

'거짓인들 어떠하리. 당신의 흔들리는 자존심을 다시 세울 수만 있다면요.'

학교에서 인정받는 것도, 울산 시장에게 인정받는 것도 좋지만, 대기업에서 그를 주목한다면, 그건 또 다른 의미가 있지 않을까?

그 또한 그의 자부심을 추켜세울 다른 수단이 될 것이다.

민수도 옆에서 거들었다.

"맞아요. 할아버지. 저도 옆에서 들었어요."

그는 감격스러운 얼굴로 말했다.

"허허. 나이를 헛먹지는 않았나 보이. 이 늙은이를 그리 좋게 보고, 이런 귀한 차를 선물 받게 되다니."

그가 흐뭇한 얼굴로 말했다.

"염치없지만, 귀한 선물 잘 받겠네."

"이따 가실 때, 민수에게 들려 보낼게요."

민수도 웃으며 말했다.

"네. 같이 가요. 할아버지. 들어다 드릴게요."

최 옹이 손을 휘휘 저으며 말했다.

"허허허. 괜찮다. 내 너희들의 도움을 받을 정도로 안 늙었다. 내 손으로 들고 가련다."

최 옹이 당부했다.

"곽 이사라는 양반에게 꼭 '감사하더라'고 전해다오. 그리고 박람회는 걱정하지 말라는 말도 말이네."

"네. 알겠습니다. 살펴 가십시오."

최 옹을 배웅하며, 고개를 숙였다.

들어가라 손짓하며, 휘적휘적 걸어가는 그의 뒷모습에 힘이 넘쳐 보였다.

그걸 보며, 민수가 말했다.

"형. 고마워요."

"아니. 뭘. 당연히 해야 할 일인데."

"저렇게 좋아하시는 모습을 오랜만에 봐서 그런지. 눈물이 다 나네요."

민수의 등을 토닥이며 말했다.

"조금만 기다려라. 이제부터는 힘찬 발걸음만 보게 될 테니까."

그리고 여담이지만, 곽 이사의 선물이 최 옹의 어깨를 으쓱하게 세울 줄은 나도 몰랐었다.

이때까지만 해도.

최 옹을 배웅하고 소파에 앉았다.

"보람이는 잘하고 있냐?"

민수가 고개를 갸웃하면서 말했다.

"그게 좀 애매해요. 보람 선배가 열심히는 하는데, 아직은 어려운 모양이에요."

"그래? 하기는. 쉽지 않을 거야?"

민수가 피식 웃으면서 물었다.

"알고 있었던 거예요?"

"그냥 그럴 거라고 예상했어. 보람이가 팀을 이끄는 건 처음일 테니까?"

민수가 고개를 갸웃하며 말했다.

"아닌데요. 보람 선배 팀 작업 많이 해 봤대요."

"정말?"

"네!"

확신하는 민수의 말에 작게 웃어주었다.

팀!

민수가 알고 있는 팀과 내가 말하는 게, 과연 같은 의미일까?

직장 생활에서 팀은 학교의 것과 그 의미가 사뭇 다르다.

생존을 위해 치열하게 싸운다.

자신들의 안이 채택되지 않으면, 그 팀의 실적은 제로가 된다고.

열심과는 상관없다.

결과적으로 아무 일도 하지 않은 게 되지.

학교에서의 팀은…… 뭐랄까?

일시적으로 학점을 얻기 위해 잠시 뭉치는 조별 모임 수준이 아니던가?

교수는 적당히 채점을 할 것이고, 당연히 탈락도 없다.

점수만 좀 적게 받을 뿐.

민수에게 말했다.

"녀석이 해 왔던 팀과는 사뭇 다를 거야."

"어떻게요?"

"지금처럼 교수가 학점을 주는 게 아니거든."

민수도 아직 팀의 의미를 제대로 이해하지 못했다.

"안을 낸다고 해서 전부 채택되는 게 아니거든. 아니! 거의 채택되지 않는다고 봐야지."

민수가 눈을 동그랗게 뜨고 물었다.

"왜요?"

"모두의 안을 다 실행할 수는 없으니까."

"아! 그렇겠네요."

"당연한 말이지만, 실적을 내며 승승장구하는 팀은 얼마 안 될 거야."

나머지는?

그 팀의 실적을 빛내줄 들러리로 전락하겠지.

"아직은 실감이 안 나겠지."

"네. 저도 그런데요. 뭘."

"보러 갈까? 피 터지는 싸움의 시작을?"

민수가 걱정스럽게 물었다.

"과연 우리가 잘할 수 있을까요?"

그의 말에 눈썹을 으쓱하며 답했다.

"그럼! 걱정하지 마."

잘 안되면, 그렇게 만들면 된다.

장작들은 모아뒀다.

스스로 타오르지 않는다면?

'불 질러 줘야지.'

70장
배려와 화해

민수와 나란히 복도를 걸었다.

"민수야. 미안하다. 학생회 일 때문에 너한테 전부 미뤄버리고."

민수는 말없이 웃기만 했다.

"그것도 이제 거의 마무리 되었으니까, 박람회 일에도 적극적으로 임할게."

"그러면 저야 고맙죠. 어차피 제 일이기도 하지만."

"신경 쓰이는 거라도 있어? 아까부터 얼굴이 안 좋아."

"특별한 문제는 없는데……."

말꼬리를 흐리는 그에게 물었다.

"뭔데, 말해 봐. 알아야 가서 창피를 안 당할 거 아니냐?"

"별 건 아니고, 아직도 학생회에서 평가를 하는 것에 대해서는 약간 불만이 있어요."

"네 생각은 어떤데?"

"저도 특별한 사람이 아닌데, 같은 학생을 평가한다는 게, 좀 껄끄러워요."

원체 내성적인 성격이다 보니, 그런 것이 익숙하지 않은 모양이었다.

"그래?"

말없이 걷다가 민수에게 물었다.

"만약에 그 평가를 너희 할아버지와 장인들이 한다고 하면 어떨까?"

"그거나 그거나. 결국은 형이 하는 거잖아요. 할아버지는 형 편을 들 테니까?"

툴툴 대는 녀석의 어깨를 감쌌다.

"적어도 학생들은 모르잖냐? 최 옹과 내가 무슨 관계인지."

"에……."

녀석이 나를 보는 눈이 딱 사기꾼 보는 시선이었다.

"조삼모사면 어때? 너도 평가한다는 부담을 덜고 말이야."

"그렇기는 하네요. 확실히."

녀석의 얼굴이 금세 밝아졌다.

"그리고 장인들의 위신도 서고 좋잖아."

"그렇게 해요. 그럼."

"대신 특채 선정은 우리랑 대목장이랑 반반 나눠서 둘씩 하는 걸로 하고 말이야."

민수가 고개를 끄덕였다.

"할아버지도 많이 좋아하실 거예요."

'그래. 욕을 먹어도 반반 나눠 먹겠지.'

민수가 말을 이었다.

"피 터지게 싸우도록 할 거라면서, 그렇게 양보해도 돼요?"

어깨를 으쓱이며 답했다.

"걱정 마. 싸우는 건 너와 내가 아니니까."

"보람이나 보러 가자."

"그 선배는 왜요?"

"박 목수랑 제대로 화해했는지 확인해야지."

"그래요. 알았어요."

학우들끼리 피터지게 싸우게 하기 위해서는, 다른 트러블이 없어야 한다.

치열한 경쟁을 시작해야 하는데, 장인들과 마찰이 생기면 안 되잖아.

'그들이 학생들 사이에서 윤활유 역할을 해야 하거든.'

장인들은 대목장이 알아서 잘 제어하겠지만, 학생 측에서의 내 역할도 중요했다.

민수와 함께 강당으로 들어섰다.

"다들 바쁘게 움직이고 있네."

"장인들과의 협업이 이제 좀 정상적으로 진행되고 있어요."

"대목장께서 신경을 많이 쓰셨구나."

민수가 입꼬리를 올리며 웃었다.

"장인들께서 협조를 잘해 주신 덕분이죠."

'녀석! 쑥스러워 하기는.'

민수의 얼굴이 발그래졌다.

나는 최 옹이 부러웠다.

저렇게 가업을 이어가는 것이 한국에서는 보기 쉬운 모습이 아니니까.

장인들에 대한 인식이 좋았었다면, 우리도 일본처럼 전통을 계승할 수 있었을 텐데.

예로부터 외침이 심했고, 가난한 나라였다.

'지금 태어난 아이들은 이런 걸 전혀 모르겠지.'

그들이 태어날 때부터, 한국은 IT 강국이었으니까. 한국의 옛 모습은 전혀 모를 것이며, 관심도 가지지 않을 것이다.

우리 이전 세대만 해도, 생존이 문제였다.

생활의 질 따위는 생각할 겨를이 없었다.

그러니 돈이 되는 새로운 것만을 추구했고, 우리 것을 소홀히 할 수밖에 없었다.

'하지만 이제는 바꿔야지. 뿌리를 모르는 민족은 비참해지지.'

잘 먹고 잘살 수는 있을지 몰라도, 그것뿐.

단상을 접으며, 작업장으로 눈을 돌렸다.

분주한 모습 속에 완성되어 가는 모형들이 보였다.

어설펐지만, 눈에 보이는 결과를 만들어 가고 있었다.

민수가 한쪽 탁자로 눈짓했다.

"아직은 실험작들이지만, 열정들은 대단해요. 저기가 보람 선배 자리예요."

보람이 팀원들과 함께 모형을 만들고 있었다.

큰 탁자에 한 팀씩 자리를 차지했는데, 가장 가운데 자리가 보람의 자리였다.

의자 아래로 톱밥과 나무 부스러기들이 잔뜩 쌓여 있었다.

내가 온 줄도 모르는지, 자기들끼리 열중해서 토론 중이었다.

"야. 저런 건 민수 네가 진짜로 잘하는 건데. 손이 근질거리지 않나?"

'모형 만드는 건, 그동안 모두 민수가 조장이었는데. 그게 벌써 일 년이나 지났네.'

민수가 나를 보며 피식 웃었다.

"저야 뭐. 저런 거 워낙 좋아하니까요. 회장실에 조각해

둔 것 보니까. 형도 실력도 많이 늘었던데요."

"아. 조각상? 그냥 심심해서 만든 거야."

손에 익었더라도, 자꾸 쓰지 않으면 잊어버리게 마련이 니까.

'귄터와의 추억을 떠올리며 만들었지.'

"여자던데, 누구에요?"

"소피아."

"아! 그때 독일에서 만났다던 여자 분이요? 그렇게 미인이 에요?"

'예쁘기만 하냐? 천사지. 천사!'

하지만 그대로 말할 수는 없는 노릇.

어깨를 으쓱하며, 멋쩍게 웃었다.

"응. 좀 예쁘기는 하지."

녀석이 나를 보며, 배시시 웃었다.

인상을 빡 쓰며 물었다.

"왜 그런 눈으로 보는 거냐?"

"아니에요."

민수가 피식 웃으며, 고개를 돌렸다.

"그냥 여동생처럼 생각할 뿐이야. 딴 생각은 하지 마."

"알았어요. 알았다고요."

전혀 믿지 않는 눈치였다.

하긴 나라도 그랬을 테니까.

그런 미녀를 두고, 마음이 설레지 않는다면, 그게 어디 남자라 할 수 있겠는가?

'안 되겠군. 화제를 돌려야지.'

"민수야. 우리도 이거 할까?"

그는 나를 뻔히 보더니 말했다.

"화제를 돌리고 싶은 거잖아요."

내 속셈을 녀석이 모를 리가 있나?

"하지만 손이 근질거리는 것도 사실이지."

녀석의 심정도 마찬가지일 것이다.

민수가 작게 한숨을 내쉬었다.

"하. 저도 하고 싶기야 하죠. 그런데 주최하는 우리가 끼어들면, 학우들이 달가워하지 않을 걸요. 특채 때문에 다들 민감해요."

보람이 했었던 말이 생각났다.

학생회에서 특채를 미리 챙기는 것 아니냐고.

"그러니까 더 해야지. 잘 설명해서 의혹도 지우고! 좋잖아. 안 그래?"

"그렇다고 우리 둘만 팀을 짤 수도 없는 거잖아요."

하긴 그 말도 일리가 있었다.

특채에는 관심이 없는 우리와 누가 팀을 짜려고 하겠는가?

민수가 다짐하듯 밀했다.

"형. 손이 근질거리는 걸 모르는 건 아녜요. 그치만 겨우 정상 궤도로 올려놨는데, 쓸데없는 분란은 일으키지 말아요."

당분간은 참아야 할 것 같네.

일단은 다른 학우들이 전통건축에 적응하는 것이 우선이었다.

보람의 테이블로 가서 보니, 사찰로 보이는 평면도 위에 기둥들을 줄 세워두고 있었다.

아직은 조각이 익숙지 않은 듯, 면 처리가 거칠었다.

자기들끼리 대화를 하고 있었다.

"보람 선배. 이제 기둥머리 올려야 하는데, 어떻게 파야 되요?"

기둥 깎기에 열중하던 보람이 고개를 들었다.

"어제 공부했었는데, 뭐라더라?"

익숙하지 않은 용어가 머리에 쉽게 떠오르지 않는 듯 고개를 갸웃거렸다.

"뭐지? 그 기둥 위에 십(+)자 모양으로 걸치는 거 있잖아. 양쪽으로 주먹장으로 걸치는 건데. 그게 뭐더라."

아직 깊이는 부족했지만, 그래도 열심히 노력하는 것이 기특하지 않은가?

보람의 등 뒤에서 작게 속삭였다.

"사개……."

"엉? 사개…… 그렇지! 사개맞춤!"

보람이 내 쪽으로 고개를 돌렸다.

"야! 너 공부 많이 했……. 어이쿠. 깜짝이야!"

"그때는 사개맞춤으로 가야지."

사개맞춤은 전통건축에서 기둥머리를 이을 때, 가장 많이 사용되는 방식이었다.

"왔으면 왔다고 말을 해야 할 것 아니야!"

그의 말에 눈썹을 으쓱하며 대응했다.

"어. 지금 왔어."

"흐흐흐. 이 자식이……."

인상 쓰는 보람에게 물었다.

"박 목수 어른은 어디 계시냐?"

"대목장께 들렀다 오신다던데."

나를 보며, 보람이 투덜거렸다.

"야! 별 거 아닐 수 알았는데, 뭐 이리 복잡하냐?"

"뭐가 그리 복잡한데?"

"이거 보라고."

그는 아까 만들던 기둥에 연필로 선을 그으며 말했다.

"이 기둥 하고 보를 일일이 다 손으로 파내야 한다고. 이게 안 복잡하냐?"

십자로 교차되는 보를 한 기둥에서 잡아주는데 복잡하지 않을 리가 있다.

'그것도 못 하나 없이 결합해야 하는데.'

하지만 사개맞춤은 한옥의 기둥과 보의 결합을 긴밀하게

하는 중요한 맞춤 공법이었다.

"그게 어때서? 그렇게 해야 빠지지 않을 거 아니야?"

내 말이 이해가 되지 않는다며, 보람이 투덜거렸다.

"대충 못으로 박으면 될걸. 이렇게 복잡하게 나무를 깎아서 만드느냐 그 말이지."

'자식아. 거기서 못을 박으면 전통건축이 아니게 되지!'

보람의 말이 이어졌다.

"게다가 저렇게 끼워 넣었는데, 툭 하고 빠져버리면 어떡하냐?"

주변을 둘러보니, 일부 학생들도 그의 말에 동조하는 눈빛이었다.

"그럴 리 없어."

장담하는 나를 보며, 보람이 끼워 맞춘 사개맞춤을 아래쪽에서 툭 쳤다.

데구루루.

끼워뒀던 보가 튕겨 나왔다.

"이거 보라고."

의기양양해 하는 그를 보며 말했다.

"사개맞춤 위에 뭐가 올라갈 것 같아?"

어이없는 웃음이 나왔다.

'툭 치면 빠져? 무슨 말도 안 되는 소리를.'

그제야 녀석이 제 이마를 탁 치며 말했다.

"아하. 지붕이 올라가는구나."

"그래. 절대로 빠질 일은 없어."

벽이나 기둥보다 지붕이 훨씬 더 무겁다.

그 육중한 무게감을 굳이 설명할 필요가 있으랴?

사람들을 보며 말했다.

"지금의 우리가 보기에는 어리석어 보일 수도 있어."

보람이 이마를 닦으며 눈을 두리번거렸다.

아마도 박 목수가 있는지를 살피는 것이리라.

'녀석. 제 발 저리기는……'

보람이 억울한 듯 항변했다.

"야! 어리석다고 안 했다구……."

"하지만 잘 생각해 봐. 이건 수천 수백 년을 이어 오면서 검증된 거야. 우리 짧은 지식으로 가볍게 판단해서는 안 돼."

"그렇군. 내 생각이 짧았네."

깨끗하게 승복하는 자세는 좋았다.

"만들다 보면 알게 될 거야. 왜 그렇게 만들었는지, 그게 어떤 효과가 있는지."

직접 해 보면 알게 될 것이다.

못이나 피스 없이도 집을 지을 수 있다는 걸.

그리고 그것이 얼마나 튼튼한지도 말이다.

'세상엔 해 보지 않으면 알 수 없는 것들 투성이이니까.'

보람에게 물었다.

"그런데 화해는 했냐? 그 어른이랑."

그는 고개를 끄덕였다.

"죄송하다고 했어."

"박 목수는 뭐라시든?"

"그분도 화내서 미안하다고 하시더라. 앞으로는 조심할게."

"다른 말씀은 안 하시고?"

"응. 없으셨어."

'하긴 거기서 네 잘못이 뭐라고 말하면, 훈계하는 것처럼 들릴 테니까, 아무 말씀을 안 하셨던 건가?'

나름 보람의 체면을 신경 써 주신 것이리라.

여기서 하나 명확하게 짚고 넘어가야 할 것이 있었다.

보람이 정말 자신의 잘못을 알고 사과했을까?

'관계 회복을 위해 건성으로 한 건 아닐까?'

반드시 내 생각이 옳은 것은 아니겠지만, 중요한 것은 다시 그런 일이 발생하면 안 된다는 것이었다.

보람이 박 목수와 기 싸움을 했을 리는 없고, 의사소통이 잘못된 것뿐이리라.

그러나 그의 잘못을 박 목수가 말하지 않았다고 한다. 그러면 보람은 똑같은 잘못을 또 반복할 것이다.

녀석은 잘못했다고 생각지 않으니까.

'똑같은 잘못을 또다시 반복하면, 화는 두 배로 난다고.'

보람은 대수롭지 않게 생각하고 있었다.

"보람아. 그 어른이 왜 화를 내셨는지, 이유는 알아?"

네가 뭘 잘못했는지 아냐고 물을 수는 없지 않은가?

당사자인 박 목수도 하지 않은 말을, 제 삼자인 내가 하면 어떻게 되겠는가?

"그 어른 말마따나 생각 없이 전통 건축을 가볍게 생각했던 게 기분 상하셨던 거겠지."

그의 말에 고개를 저었다.

"난 좀 다르게 생각한다."

다른 사람들의 시선도 내게 모였다.

"그래? 넌 뭐라고 생각하는데."

"네가 설명이 부족했어."

"뭐가?"

설명이 부족했다기보다는 설명할 거리도 없었다는 말이 어울리겠지만.

보람에게 확인 차 물었다.

"보람이 네가 지붕을 열기로 한 거, 네가 말한 것 말고는 다른 이유가 있었어?"

"아니. 왜?"

건축의 이유가 아닌, 자신만의 이유였기에 박 목수를 설득할 수 없었던 거지.

고개를 젓는 그에게 다시 물었다.

"그럼 내가 왜 그 아이디어가 좋다고 했는지는 생각해 봤니?"

"그러네? 그때 물어보려고 했는데, 흥분하는 바람에 까먹었다. 이유가 도대체 뭐냐?"

"아마 네가 모르는 그것 때문에 그 어른이 역정을 내지 않았나 싶다."

"그게 뭔데?"

"넌 가장 중요한 이유를 설명하지 않았어."

"……."

"왜 지붕을 열어야 하는지, 그 이유를."

"그게 지금에 와서 그렇게 중요한 문제일까?"

"너보고 설명도 없이, 중요한 전선을 끊으라고 하면 넌 어떻겠니. 더구나 너보다 전기에 대해서 모르는 사람이 말이야."

보람은 입꼬리를 씰룩이고 있었다.

'또 사과하려니까 자존심이 상하겠지.'

하지만 이 행동은 젊은 학우들과 장인들 간의 예의와 행동의 경계를 긋는 일이 될 것이다.

"그분에게는 인생의 전부나 마찬가지인 게 전통건축이야. 그런데 아무것도 모르는 네가 이래라저래라 했을 때, 그분의 기분이 어땠겠어. 무시당한다고 생각하지 않았을까?"

"하지만 이미 화해를 하고 끝난 일을 또 들추면 더 불쾌해하시지 않을까?"

어중간한 사과보다, 확실하게 매듭을 짓는 것이 백배 나을 때도 있다.

그 행동은 때로는 적이 될 자를 아군으로 만들기도 한다.

"그래도 해야 해. 이따 다시 뵙거든, 박 목수님께 제대로 사과해라."

단호한 내 말에 보람이 답했다.

"알았어."

"그분이 왜 네게 그런 말을 하지 않았는지도, 스스로 이해하고."

그의 배려를 우리는 예의로 받아야 했다.

적어도 어른들에게 싸가지 없는 놈들로 찍히지는 말아야 할 것 아닌가?

성훈이 한창 이야기를 할 무렵.

대목장과 박 목수가 작업실 문을 열었다.

하지만 아무도 그들에게 관심이 없었다.

대목장이 슬며시 문을 닫으며 말했다.

"박 목수. 좀 있다가 들어가세."

"왜 그러십니까?"

"호랑이도 제 말하면 온다지만, 지금 딱 시간 맞춰서 들어가면 상황이 민망하지 않겠는가? 사과 받으러 온 것도 아닌데."

박 목수도 고개를 끄덕였다.

"네. 그럼, 녀석이 무슨 말을 하는지 좀 더 들어보시죠."

보람이 물었다.

"그럼 네가 내 아이디어를 좋다고 한 이유는 뭔데?"

"네가 말한 것과 같아. 움직이니까."

"그럼 나하고 똑같잖아."

결과가 같다고 해서, 과정이 같을 수 있을까?

"난 이유가 두 가지나 있지. 첫 번째는 지금 말한 맞춤을 더 잘 보이게 하려는 거지."

"잘 보이게 한다고?"

그의 말에 고개를 끄덕였다.

"응. 우리나라 건축의 특징이 거기에 있으니까."

"어떤?"

"우리나라는 대대로 가난했었다. 물론 근면했지만, 강대 국들 사이에 끼어 있는 관계로 외침이 빈번했지."

"네 말대로 못을 박으면 간단하게 끝날 것을 왜 어렵게 맞 춤 공법으로 했을지 생각해 본 적 있어?"

"그야……."

외침이 잦은 나라에서 자주국방을 위해 할 수 있는 것이 뭐가 있었을까?

최대한 날붙이는 무기를 만드는 데 사용되었을 것이다.

"맞춤이 발전할 수밖에 없었던 상황이었던 거지. 그 열악

한 상황에서도 우리 조상들은 멋을 내고 싶었던 거야. 견고하기도 했어야 했고. 그들의 열망이 담긴 것이 바로 맞춤이라고 생각해."

"아. 그럼 네 말대로라면, 맞춤 공법이 우리 전통건축의 진수라 해도 과언이 아니겠군."

그의 말에 고개를 끄덕이며 말했다.

"하지만 아주 심각한 문제가 있지."

"뭔데?"

"맞춤의 디테일과 아름다움은 지붕을 얹으면, 안 보여. 어떻게 결합이 되는지를 보여줄 수가 없다고."

보람이 고개를 끄덕였다.

"그렇구나. 지붕을 열면 그게 보이겠구나."

"응. 보여줄 수 없는 곳을 보여줄 수 있다는 것에서 그 의미가 있는 거지."

내 설명에 이끌린 좌중들이 고개를 끄덕였다.

'왜 그의 아이디어를 높이 샀는지 이해했겠지?'

이 설명은 그들이 작품을 구상하는 데에도 많은 영향을 미칠 것이다.

학우들에게 말했다.

"난 굳이 전통을 뜯어고치며, 바꾸고 싶은 생각은 없어. 적어도 지금은."

그렇게 하고 싶어도 기초 실력이 부실했다.

실제로 그런 것을 시도하는 것은 몇 년 후가 될 것이다.

보람이 물었다.

"그럼 우리한테 뭘 원하는데."

"내가 원하는 건, 젊은 생각이야. '아름다운 우리 건축을 어떻게 외국인이 보게 할 것인가?'가 주안점인 거지. 아마 특채 심사도 그걸 기준으로 이뤄질 거야."

보람이 뿌듯한 얼굴로 말했다.

"하긴 우리나라 건축만큼 아름다운 게 어디 있겠어."

누구나 느끼는 자국 문화의 자긍심이다.

하지만 그 말에 나도 모르게 눈 밑에 경련이 일었다.

"그것과는 다른 말이야. 아름다움은 주관적인 거니까."

우리 것에 대한 자부심은 좋지만, 자국 문화의 편애처럼 보기 싫고, 저급한 것도 없다.

그런 마인드가 있으니까, 잘못된 전통과 관습도 이성의 여과 없이 따르게 되고, 발전이 없는 것 아닐까?

좌중을 둘러보며 물었다.

"우리는 박람회에서 '한국의 전통건축은 외양만 아름다운 것이 아니라, 내부의 이음도 아름답습니다'라고 어필해야 하는데, 지붕을 여는 것보다 더 나은 방법이 또 있을까?"

물론 있을 수도 있겠지.

허나 이것이 가장 직관적이었다.

보람이 고개를 끄덕이며 물었다.

"이해했어. 다른 이유는 또 뭔데?"

"이것도 연장선상의 이야기야."

"연장선상이라. 하지만 의미는 다르겠지?"

그의 말에 수긍하며 말을 이었다.

"보람아. 전통건축에서 가장 화려한 곳이 어디라고 생각해?"

"음……."

생각이 많을 것이다.

화려하지 않은 듯 하면서도 화려한 곳 투성이니까.

'하지만 깊이 생각할 건 없지. 제일 손 많이 가는 곳이 가장 화려한 곳이니까.'

"질문을 바꾸지. 어디가 가장 만들기 어려웠어?"

"음……. 천장."

그런 답이 나올 거라고 예상하고 있었다.

"왜 어려운데?"

그는 미간에 주름을 만들면 말했다.

"크. 용어도 어렵고, 주두, 소로, 살미, 첨차, 뜬장혀. 으으. 그리고 그거 만들 생각을 하면, 벌써부터 어지럽다. 안 그래? 얘들아?"

보람의 말에 다른 팀원들도 머리를 끄덕였다.

다들 조각할 생각을 하니, 진절머리가 나는 모양이었다.

'나도 그레.'

한국 건축에서 화려한 부분을 꼽으라고 한다면 나는 단연 천장을 꼽을 것이다.

절에 가보신 사람들은 알 걸.

사찰의 천장들이 얼마나 화려한지.

색깔뿐만 아니라, 그 구조도 화려하기 그지없지 않던가?

특히나 기둥 위에 올려친 공포들을 보면, 감탄사가 절로 나오리라.

'난 처음 보고, 기둥에서 산호초가 튀어나온 줄 알았다고.'

"좋아. 잘들 알고 있네. 그렇게 신경 써서 만들었으니, 가장 화려하고 아름답겠지?"

손이 많이 가는 음식일수록, 더 다양한 풍미를 즐길 수 있지 않던가?

내 말에 모두 고개를 끄덕였다.

"그럼 그 부분을 가장 부각시켜야겠지."

내 말에 보람이 힘을 주며 응했다.

"그럼. 당연하지. 고생한 대가는 받아야지."

하지만 모형에서 지붕은 보여도, 천장이 보이던가?

보람을 포함한 모두에게 물었다.

"평소대로 모형을 만들면 보일까? 천장이?"

실제로도 천장이 잘 보일까?

사람의 눈높이보다 높은 것에는 눈이 덜 가게 마련이다. 고개를 들어야 하니까.

굳이 고개를 아프게 하면서, 일부러 천장을 볼 사람은 없다.

'그런데 안타까운 건, 눈높이 아래에 있는 벽과 기둥은 소박하기 그지없거든.'

전통건축의 건축학적 진수는 모두 천장에 녹아 있다고 해도 과언이 아니다.

어떻게 지붕 기와의 무시무시한 하중을 분산했는지는, 한옥의 대들보를 봐야 할 수 있다.

"고로 우리 건축의 진수는 모두 건물 속에 숨어 있다는 말이지."

숨겨진 아름다움은 아무도 주시하지 않는다.

보여야 아름다움이지, 보이지 않는 대서야……

아무도 말이 없었다.

"그럼 한국말도 모르는 사람들에게 각 나라 말로 '이 작품은 천장이 제일 아름답습니다. 그러니 허리를 낮추고 모형의 열린 창틀 사이를 주시하십시오. 그러면 아름다운 천장이 보일 겁니다'라고 각 나라말로 적어둘까?"

"그건……. 곤란하겠지."

"누구나 귀찮은 것은 싫어해."

고객의 정의는 '떠먹여 주길 바라는 자'이다.

좌중을 둘러보며 말했다.

"그럼 방법은 하나야. 보이게끔 하는 것."

보람이 손을 딱! 튕겼다.

"아. 그래서 지붕을 연다고 했을 때, 좋은 아이디어라고 했었구나."

그의 말에 고개를 끄덕였다.

"그래. '이 작품의 백미는 지붕입니다'라고 지붕을 열어 보여주는 거지. 굳이 긴 설명이 필요할까?"

"아!"

"포인트는 '어떻게 하면 한국의 미를 눈에 띄게 할 수 있느냐?'하는 거지."

애초에 나는 전통을 비틀어 다른 무언가를 만들 생각은 없었다.

'지금 그대로도 충분히 가치가 있다고.'

미래에 시작될 전통한류가 그것을 증명한다.

그리고 그런 행위는 이미 나 말고도 많은 사람들이 하고 있다.

저급한 싸구려를 만들어 파는 사람들.

조악한 물건을 바가지 씌우고, 당장의 이득을 취하지만, 그들로 인해 관광객들은 한국에 실망해 버린다.

전통에 대한 깊이 있는 이해를 건너뛴 것은, 그 어떤 것도 저급한 싸구려가 될 뿐이다.

내 의도를 이해한 학생들이 들썩거렸다.

"히야. 그런 뜻이 있었어? 난 이유도 모르고 그냥 따라 했는데."

"당사자도 몰랐던 것 같으니까, 우린 모르는 게 당연해."

"우리 진짜로 대상 타는 것 아냐?"

"학생회장이 우리 팀에 오면 어떨까? 그럼 특채는 떼 놓은 당상인데."

"야! 주최 측이 끼어들면, 심사가 공정하게 안 되지."

"그건 걱정하지 마. 보람 선배가 그러던데. 학생회 측은 특채 제외래?"

"진짜?"

"응! 확실해."

"그럼 더 좋지."

"왜?"

"성적이 좋으면, 우리 팀에서 특채 인원이 나올 거고, 학생회는 제외라며?"

"그러네. 너 천재 아니냐?"

"안 되면 다른 건축과 학생이라도 끌어들이자."

학생들의 태도가 승범이 미간을 찌푸렸다.

"아까까지만 해도, 심사를 왜 학생회에서 하냐고, 지랄하지 않았냐? 쟤네들?"

"그러긴 했지."

"아. 진짜 한국인 냄비 근성, 알아줘야 한다니까. 그리고 저 정도는 건축과면 다 아는 거 아니냐? 너도 건축과잖아."

"하지만 난 저렇게 생각해 본 적 없다. 모형만 잘 만들면 된다고 생각했지. 저 정도 안목이면 심사해도 난 말 못하겠다."

"너, 이 냄비 같은 새끼야. 너도 아까 학생회에서 심사하는 건 잘못된 거라고 선배로서 따끔하게 한마디 하겠다며!"

"주승범! 이 망할 자식아. 인정할 건 좀 인정해. 저기다 대놓고 무슨 말을 하냐?"

"쳇. 건축과라고 편드는 거냐? 아예 니네 과에서 다 해 처먹기로 한 거냐?"

"뭐? 이 자식이. 빈정거리지 마라. 한 대 쳐 맞기 전에."

"학생회에서 네 명 다 심사한다고 했지?"

"당연한 거 아니냐? 성훈이가 데리고 왔는데, 제 맘대로 하겠지. 어쨌거나 난 심사에 불만 없다."

"선배가 되어 가지고. 쯧쯧. 도대체 쟤보다 나은 게 뭐냐? 병신아."

"입 닥쳐. 짜식아. 너도 가산점 제대로 따고 싶으면, 쓸데없는 소리 하지 말고, 시키는 거나 잘해. 성훈이 저 자식 승질 드럽기로 유명하니까."

"냅둬라. 내 일은 내가 알아서 한다."

백이면 백, 사람들의 생각은 다 달랐다.

'심사에 대한 문제는 대목장에게 일부분 토스했으니까, 말이 덜 나오겠지.'

사람들의 웅성거림을 들으며, 새삼 잘한 결정이라는 생각이 들었다.

"저것 보게. 박 목수. 내가 뭐랬나?"

가볍게 질책하는 대목장의 말이었다.

"어허. 녀석이 전통을 흩뜨려 놓을 거라 생각하고, 오해를 한 것이군요."

"암. 괜한 우려였어."

'어르신이 녀석에게 기대하는 데는 이유가 있었군.'

사실 자신은 성훈처럼 생각해 본 적이 없었다.

며칠 전이었던가?

대목장의 말이 생각났다.

'성훈이 저 녀석이 하는 말에는 다 이유가 있어. 가만히 기다리면 알게 될 터이니, 기다리게. 그리고 목적한 바를 반드시 이루는 능력이 있는 놈이니. 걱정 말게.'

성훈의 의견에 반대하는, 자신을 설득하면서 했던 대목장이 했던 말이었다.

"그럼 이 자리는 자네가 마무리하도록 하게. 자네가 이끌어 갈 재목들이 아닌가?"

대목장이 그에게 슬쩍 바통을 넘기며, 사무실로 돌아갔다.

'젊은 녀석들이 스스로 반성을 하는데, 내가 어른입네 하고 사과를 받았다가는 부끄러움을 금치 못할 거야.'

적어도 아이들보다는 너그러운 모습을 보이겠다며, 그는

결심을 다졌다.

박 목수가 문을 열며, 헛기침을 했다.

"흠. 흠."

성훈이 그 소리에 박 목수를 돌아봤다.

"박 목수님. 오셨습니까?"

막 들어온 것처럼 연기하며 그가 말했다.

"어흠. 이야기 중이었군. 방해가 되었다면 미안 허이. 할 얘기 남았으면 마저 하게나."

성훈이 미소를 띠며 말했다.

"아뇨. 이제 이야기 끝났습니다."

"오다가 밖에서 잠시 들었네. 나는 회장 자네가 그런 생각을 하는 줄도 모르고 잠시 오해를 했었구먼. 허허허."

"그저 생각나는 대로 지껄였을 뿐입니다."

"그래도 오랜 시간 생각하지 않았다면 할 수 없는 말로 들리네만."

"감사합니다."

보람이 그에게 다가서며 말했다.

"어르신. 제가 생각이 짧아서……."

"아닐세. 내가 미안하지. 자네 생각은 묻지도 않고, 대뜸 소리부터 질렀으니. 이제 자네들 생각을 알았으니, 이제 앞으로는 서로 말로 풀어보도록 하세나."

둘의 화해를 보며, 안도의 한숨을 내쉬었다.

'더는 그런 다툼이 없었으면 좋겠네.'

민수에게 말했다.

"아까 나하고 오면서 했던 말들 있지?"

"아. 특채인원 심사 건 말이죠?"

"응. 그거 얘들한테 잘 좀 설명해 줘. 불만 있으면 잘 다독 거리고. 그리고 경호 넌, 쓸데없는 말 하지 말고."

경호가 투덜거렸다.

"제가 민수 형 따라서 얼마나 열심인데, 그런 말씀을 하세 요? 민수 형만 챙기지 마시고, 저도 좀……."

"쓰읍!"

민수가 투덜거리는 경호를 다독이며 물었다.

"형은요?"

"나는 박 목수님께 여쭤볼 말이 좀 있어서."

"네. 알았어요."

민수에게 학생들을 맡기고, 박 목수와 뒤편으로 향했다.

71장
심사의 자격

박 목수가 물었다.

"내게 할 말이라니? 그게 뭔가?"

"실은 오늘 아침에 대목장 어르신께서 다녀가셨습니다."

"그렇게 알고 있네. 보이찬가 하는 걸 선물로 드렸다면서?"

박 목수가 빙그레 웃으며 말을 이었다.

"나도 방금 한잔하고 왔네. 잘했어. 어르신께서 욕심이 없으신 분인데, 자네한테 받은 차는 맘에 드시는지, 자랑을 엄청 하시더군."

"저도 선물 받은 겁니다. 어르신도 하나 챙겨드려야지 싶어서."

그가 웃으며 말했다.

"나중에 선물 받으면 나도 하나. 알지?"

"네."

'언제 또 곽 이사가 중국에 가게 되면요.'

그의 장난에 웃음으로 응수했다.

"그런데 어르신, 대목장께서 좀 힘드신 것 같던데."

"왜 그런 생각을 했는가?"

최 옹은 '다 늙은것들이 무슨 반발을 하겠느냐?'며 큰 소리를 쳤지만, 늙은 생강이 더 매운 법이거든.

내게는 그 말이 최 옹, 스스로에게 하는 다짐으로 들렸다.

약해진 자신을 다잡으려는 각오랄까?

해결이 잘되었다면, 자신이 부른 사람들인데 '다 늙은것들'이라며 비하하지 않았겠지.

"그냥 그런 느낌이 들었습니다."

"그랬나. 정확히 봤네."

박 목수는 수긍하며, 고개를 끄덕였다.

"어르신께서는 강제적으로 밀어붙이셨네."

"그랬습니까?"

"어르신을 믿고 오기는 했지만, 아직 우리는 자네가 어떤 사람인지 잘 알지는 못하지 않나? 이해해 주게."

내가 고개를 끄덕이자, 그가 말을 이었다.

"더구나 이번 일 같은 경우라면, 아무리 어르신의 말씀이라도 무작정 따르기는 어려운 일일세."

향후 전통의 향방이 바뀔 수도 있는 일이라, 작은 일이라고 치부할 수는 없었을 것이다.

"그래서 어르신께서 협력을 하는데, 조건을 내거셨다네."

"어떤 조건 말입니까?"

"만약 이번의 일이 잘못되면, 우리 젊은 사람들의 의견을 무조건 따라주시기로 말일세."

"젊은 사람이라면 누구 말씀이신지?"

박 목수가 자신을 가리키며 웃었다.

"우리도 전통 쪽에서는 젊은 편이라네. 하하하."

그는 웃었지만, 나는 속이 씁쓸했다.

얼마나 사람이 없으면, 50이 넘은 박 목수가 젊은 축에 속한다는 말인가?

이대로 계속 가다가는 박 목수는 환갑이 넘어도 선배들 뒤치다꺼리를 해야 할지도 모른다.

'웃는 게 웃는 게 아니겠지.'

그 고집을 꺾는 한이 있어도 나를 믿어준다는 말이었다.

또한 일이 안 될 경우에, 얼마나 상심이 크실 텐가?

"박 목수님은 어느 편에 서셨습니까?"

"나야. 뭐 항상 어르신 편이지. 물어볼 것도 없어. 내가 그 어르신께 신세진 게 일만데."

그의 손을 잡으며 확신했다.

"만의 하나라도 대목장께서 젊은 분들의 의견에 따라가는 일은 없을 겁니다. 절대로!"

오히려 이번 일이 끝나면, 아무도 대목장에게 이래라저래라 할 수 없을 것이다.

'그의 말이 이 계통의 법이 될 테니까!'

확신의 말에도, 그의 얼굴은 어두웠다.

"자네 말처럼만 된다면야, 나도 원이 없겠네만……."

상황이 그리 낙관적이지 않은 모양이다.

"어르신. 특별 채용 인원 중 둘을 대목장께 양보하려고 합니다. 어떻게 생각하십니까?"

"그리 된다면 애들 구슬리기에는 더없이 좋지. 그런데 그건 왜?"

당연히 대목장에게 힘을 실어줄 의도였다.

어깨를 으쓱하며 답했다.

"실은 학우들과 말을 하다 보니, 박람회의 관건은 전통을 '얼마나 아름답게 만드느냐?'와 '어떻게 잘 보여주느냐?'가 되더군요."

"그래서?"

"저보다 어르신들께서 더 잘 보실 것이니, 권한도 비율을 맞추는 게 좋을 것 같았습니다. 만드는 건 제가 어떻게 독촉을 하면 되지만, 보는 건 오랜 안목이 필요하잖아요."

"그건 맞는 말일세."

아는 만큼 보이고, 보이는 만큼 안다고 했다.

이렇게 되면, 적어도 우리 학교에서는 잠시나마 대목장들을 존중할 수밖에 없을 것이다.

현재건설로 가는 직통 티켓 두 장을 대목장이 쥐고 있는 거니까.

물론 교수들도 자신의 제자들에게 원망 받지 않으려면 자중해야 할 것이고.

'특채 심사권!'

남들이 보기에는 아무것도 아닐지 몰라도, 여기 모인 사람들에게는 무엇보다 중요했다.

좀 더 세밀한 얘기를 나누려는데, 강단 쪽에서 고성이 들었다.

불만 가득한 목소리였다.

"심사 권한이 바뀐다기에 기대하고 들었더니, 별로 바뀌는 것도 없잖아."

"그건 학생회 재량이라고 말했잖아요. 전통건축 학과장, 대목장에게 권리를 양도하는 것만 해도, 충분히 양보한 거라고요."

격하게 대응하는 경호의 목소리였다.

"뭐가 충분하다는 거야? 사실 학생회에서 면접 보는 것만으로도, 주최 측의 권리는 다 썼다고."

그는 동의를 구하려는 듯, 주변을 둘러보며 목소리를 높였다.

"안 그래? 우리도 교수님들도 충분히 양보한 거라고. 이 이상은 학생회 측의 오바라고."

민수가 그를 달래는 소리도 들렸다.

"주승범 학우. 그건 그렇게 생각하실 게 아닙니다."

"부회장, 말을 바로 합시다. 우리가 불러달라고 했습니까? 그쪽에서 불러서 도우미로 왔습니다. 면접도 이해했구요. 그런데 또 일방적인 심사라니, 과한 처사 아닙니까?"

"그래서 전통건축과에……."

"누가 모르는 줄 알아요. 대목장 어르신이 학생회장이랑 사이가 얼마나 좋은지?"

경호의 볼이 씰룩거렸다.

"호의가 계속되면 권리로 안다니까. 기회를 줬는데도, 이런 식으로 나오면 안 되죠."

'경호 녀석. 함부로 나서지 말랬더니.'

말리라고 붙여놓은 놈이 기름을 끼얹고 있었다.

경박하다. 경박해.

젊으니 그런 거겠지만.

"박 목수님. 전 저쪽으로 가봐야겠네요."

"그러게. 어서 가 봐."

경호 녀석의 목소리가 들렸다.

"특히 당신! 당신은 절대로 특채로 안 뽑을 거니까, 그런

줄 알아!"

어린 만큼 불 같고, 뒤를 생각하지 않는다.

경호의 말이 기회라도 된 양, 그는 말꼬리를 물고 늘어졌다.

"저거 봐! 완전 우릴 자기 하수인처럼 취급하잖아. 경호 학생. 그게 건축과의 입장이야?"

"그럼 어쩔……."

민수가 흥분하는 경호를 말리며 나섰다.

"경호야. 너무 앞서간다. 그만해."

"민수 형. 손 치워요. 그렇게 양보를 해 줘도……."

내가 가는 것을 봤는지, 민수가 말했다.

"성훈이 형 온다. 그만해."

경호가 즉시 입을 닫았다.

'경박한 녀석!'

작업장이 도떼기시장마냥 시끄러웠다.

민수들을 뒤로 물리고, 강단에 섰다.

"학우, 이름이 뭡니까?"

"주승범입니다."

말투를 들으니, 아까 빈정거리던 녀석이었다.

그에게 물었다.

"우리가 심사하는 게 불만입니까?"

아마 이때, 내가 희미하게 웃고 있지 않았을까 싶다.

그는 내 시선을 피하며, 주변을 둘러봤다.

"그렇잖아요. 면접도 그렇고……."

"명확하게 이유를 대세요. 얼버무리지 마시고."

아직도 불만이 있는 사람들은 많았다.

주변 사람들의 응원을 받았다 생각했는지, 내 눈을 똑바로 보며 말했다.

"학생이 학생을 심사한다는 것은 분명히 문제가 있다고 봅니다."

'이건 면접 때도 나왔던 말인데, 어찌 되었든, 불만이 그만큼 많다는 말이겠지.'

소수였다면, 쫓아내고 말았을 것이다.

하지만 웅성거림과 분위기로 봤을 때, 내재된 불만들이 꽤 많아 보였다.

자존심이 되었든. 학생회의 편협한 관점 때문에 자신에게 기회가 안 올지도 모른다는 불안감 때문이든.

'가만 놔두면 언제가 되어도 터질 거야.'

방법은 두 가지였다.

의견을 받아들이든지. 아니면 제압을 하든지.

그럼 심사를 누가 하라고?

교수들? 학생들? 선거?

'흥! 웃기는 소리.'

이런 말을 했다가는 분란만 일으킬 뿐이다.

그렇다고 전통건축과에다가 특채의 권리를 모두 준다?

'이번 한 번이면 그렇게 하겠어!'

하지만 현재의 지원이 계속 된다고 가정하면, 이것은 분명히 좋지 않은 관례가 될 것이다.

'그럼 내가 한 교수를 대학에 박아두는 이유가 없어진다고.'

분명 전통건축학과도 중요했지만, 어디까지나 메인이 되는 것은 건축과였고, 그중에서도 한 교수는 확실한 배경이 되어줘야 했다.

'그것도 힘 있는 배경이.'

그럼 방법은 한 가지네.

좀 귀찮지만, 실력으로 제압하는 것.

그에게 물었다.

"분명히 합시다. 학생회가 심사를 본다는 게 불만입니까? 아니면 우리가 심사를 볼 자격이 있는지 의심스러운 겁니까?"

공격적인 내 물음에 그는 버벅거렸다.

"그, 그게⋯⋯."

내 성질에 대해서는 들은 바가 있을 터!

그를 쏘아 보았다.

'말 잘해라.'

"당연히 학생이⋯⋯."

"학생은 자격이 없다는 겁니까? 학생이라서 판단할 능력이 없다?"

"그건 아닙니다."

대안이 있는 문제가 아니라니까!

"잠깐!"

손을 들며 말을 끊은 사람은 보람이었다.

"뭡니까? 보람 학우."

'엉뚱한 소리하기만 해 봐! 바로 박살을 내줄 테니까.'

그를 향해 눈을 부라렸다.

보람이 피식 웃으며 단상으로 걸어 나왔다.

그리고 좌중을 향해 말했다.

"우리 냉정하게 생각하자고. 나도 승범 학우의 말처럼 불만이 없는 건 아니야."

승범이 물었다.

"그래서?"

"너희들 자꾸 학생회장을 나쁜 놈으로 몰고 가는데, 난 그건 좀 아닌 것 같아."

"심사 자격 가지고 자꾸 말들이 나오는데, 승범이 너한테 대안이 있어?"

"그걸 찾자는 말이잖아."

"아니 아니. 넌 그냥 학생회에서 심사를 한다는 것 자체가 싫은 거야."

"아니거든."

"그럼 대안을 대봐. 각 과의 교수님들?"

"우리는 학생이라, 아직 경험이 부족하다고. 그러니 안목에도 허점이 있을 테니, 그분들께 맡기는 것도 좋지."

"하하하. 어이없네."

"비웃는 거냐?"

"미안. 어이가 없어서. 그럼 하나 물어보자. 교수님들 중에 학생회장만큼 꼼꼼하게 보실 분이 계실 것 같아. 건축의 건 자도 모르는 분들이?"

좌중을 보며 말을 이었다.

"아까 회장 말하는 거 봤지? 그렇게 말할 수 있는 분이 계셔?"

좀 전의 웅성거림이 그대로 재현되었다.

"도저히 안 되실걸."

"우리 교수님도 그래. 완전 교과서적인 분이라서, 새로운 관점하고는……. 음. 역시 안 돼."

보람이 그들의 말을 받았다.

"그리고 또 하나 문제가 있지."

"또 뭔데?"

승범이 화난 표정으로 물었다.

자신의 의견이 정면으로 거부당했으니, 수치스러웠으리라.

보람이 그를 비웃으며 말했다.

"너희 과 교수님은 누굴 선택하실 것 같냐? 우리 교수님은 나부터 찍으실 것 같은데?"

주변을 돌아보며 물었다.

"안 그럴 것 같아?"

그는 대답도 듣지 않고 말을 이었다.

"생각하고 자시고가 어디 있어? 손은 안으로 굽는다고."

승범의 눈가가 꿈틀거렸지만, 반박하지 못했다.

"그럼? 건축과 교수님들한테 부탁할까?"

아무도 말이 없었다.

"건축과 학생들로만 특채를 채워도, 불평 안 할 자신 있어?"

중인이 웅성거렸다.

"그건 미처 생각을 못해봤네."

"하하. 우리 손으로 족쇄를 채우는 거잖아."

보람이 물었다.

"그럼 선거로 할까?"

"풋!"

좌중들에게서 웃음이 터져 나왔다.

"무슨 말도 안 되는 소리야!"

"전대미문의 결과가 나올 거야. 전원 후보, 각자 한 표!"

보람이 손뼉을 치면서 주의를 끌었다.

"너희들이 생각해도 그렇지? 이게 쉬운 일이 아니라고! 대안이 없어."

"그런 네 생각은 뭔데?"

"지금까지처럼 학생회장한테 맡기는 거야. 내가 보기에는 심사 자격은 충분해."

작업실 뒤를 가리키며 말했다.

"저기 뒤에 박 목수님도 계시지만, 새로운 걸 보는 관점에서는 학생회장이 낫지 않을까 싶어."

보람이 급히 고개를 숙였다.

"죄송합니다. 어르신. 그냥 제 의견입니다."

뒤에서 우리의 토론을 보던 박 목수가 고개를 옆으로 갸웃하며 웃었다.

"허허허. 자네와 내 의견이 일치하는 건 이번이 처음이구만 그래."

"이건 대목장 어르신께서 하신 말씀인데."

사람들의 눈이 모두 뒤로 쏠렸다.

"만드는 건 우리 장인들이 잘하지만, 보는 건 너희 앞에 회장 녀석을 못 따라갈 거라 하시더라."

들릴 듯 말 듯 사람들이 수군거렸다.

"저 성질 드러운 양반이?"

"그보다 대목장 어르신이 말씀하셨다잖아."

"이거 이러면, 두 번 다시 심사 가지고는 말 못하겠는데?"

"승범 선배, 좆된 거 아냐? 아까부터 깐죽거리고 시비 걸더니."

"그러게. 저 회장 성질 드럽기로 유명한데. 혼자 잘난 척하더니. 쯧쯧."

박 목수 말을 이었다.

"너희들이 알다시피, 대목장 어르신이 성훈이를 좋아하는 건 사실이지만."

"농담은 절대 안 하신다."

승범의 얼굴이 홍시처럼 붉어졌다.

'언젠가 또 터질 문제, 여기서 확실히 하는 게 낫겠어.'

좌중에게 물었다.

"이렇게 하는 게 어떻겠습니까?"

"학생회장이 할 말이 있답니다."

보람의 말에 사람들의 시선이 내게로 모였다.

천천히 학우들을 훑어보며 눈을 맞추었다.

"승범 학우의 말을 빌리자면, 주최 측에서 과도한 권력을 행사한다고 말씀을 하시네요."

승범이 반박했다.

"사실이 그렇지 않습니까? 협력하려고 모인 사람들의 호의를 당신네 마음대로 이용하려는 것 아닙니까?"

'호의? 내가 보기엔 네가 권리를 주장하는 것 같은데.'

경호 말처럼 호의를 권리인 줄 아는 것.

'착각할 수도 있지.'

그 사람들을 탓해서 무엇 하랴!

우유부단한 내 행동 때문에 생긴 일인 것을.

'좋은 게 좋은 거라고, 웃으며 넘어가려 했는데. 그래서 심사권도 대목장에게 양보했다구. 이런 말이 나올까봐.'

문제는 그걸로 부족하다는 거지.

승범처럼 생각하는 사람이 많다는 거고. 여기 있는 사람들의 과반수가 그런 눈빛이었다.

어디까지 양보하라고?

그리고 결정적으로,

나는 양보에 익숙하지 못했다.

'안 그래도 손이 근질거렸다고.'

그리고 먼 미래를 본다고 할 때, 이 녀석들도 분명히 현재건설을 일순위로 지명하겠지. 대상을 탄다면 분명히 그렇게 할 걸.

가산점을 포기하고, 다른 기업을 지원할 멍청이는 이 중에 없을 테니까.

그 말은 곧, 이 녀석들과 두고두고 현재건설에서 얼굴을 마주친다는 의미였다.

'그렇다면 지금 확실히 선을 그어둬야지. 그때 가서도 만만하게 보고 딴지 걸면 곤란하지.'

녀석이 말하는 요지는 '김성훈 네가 심사할 자격이 있느냐?'는 거였다.

'그 도전, 접수했어.'

그게 내가 생각하는 최선의 결정이었다.

하지만 그 대가는 톡톡하게 받아낼 테다.

"먼저 오해를 짚고 넘어가도록 하죠."

"무슨 오해 말입니까?"

"저는 여러분과 원원할 생각이 없습니다."

차가운 물을 끼얹은 듯, 조용해졌다.

어차피 이들과 한판 붙을 생각인데, 웃는 얼굴 할 필요가 뭐 있어?

'자격을 보이라며? 실력을 보여 달라는 거지. 그럼 경쟁자잖아.'

호인을 가장하며 그들에게 잘 보이려던 가면을 벗어던졌다.

이미 링에 올라갔는데, 잘 보일 필요가 뭐 있는가?

오가는 건, 주먹뿐일 텐데.

민수가 염려스러운 얼굴로 단상으로 다가왔지만, 손을 들어 제지했다.

'이미 레이스는 시작됐다고.'

내 호의에 호의로 답했다면, 나도 기분이 좋았을 거고, 보람도 느꼈을 것이다.

하지만 잘 대해 줬는데도 이렇게 나온다면?

계속 숙일 필요 있어?

내가 봉이야?

'장기 말들이 선수에게 덤비는 경우 봤어?'

내 앞에 있는 자들은 내게는 말이었다.

용도가 다하면 바꿀 수 있는 장기말.

웅성거리는 가운데, 승범이 물었다.

"이해할 수 있게 말씀해 주시죠."

"면접을 통해 사람을 뽑은 건, 내가 하고자 하는 방향으로 나가고자 했던 겁니다. 여기 계신 학우들에게 가산점을 주기 위해서가 아니라는 거죠."

하고 싶은 말은 더 많았다.

'회사에서 직원들 좋으라고 사람 뽑아?'

'국가가 원하는, 일자리 창출을 위해?'

'당연히 아니지!'

'그럼 나는?'

'오히려 당신들을 위해 내 권리를 양보해야 한다고 생각하는 게 이상한 거 아니야?'

그걸 당연하게 여기는 게, 오히려 난 이해가 안 된다고.

승범, 아니 모두에게 물었다.

"그게 어떻게 과도한 권력을 행사한 겁니까? 내가 필요한 사람을 뽑은 건데. 그건 권력의 남용이 아니라, 당연한 절차입니다."

승범이 반박했다.

"면접은 그렇다고 합시다. 그런데 심사까지 독식하는 건

과하지요."

왜?

다 내건데?

왜 이래라저래라 하는 거지?

'당신이 이 일을 하는데, 어떤 일을 했다고 저렇게 당당하게 권리를 요구하는 거야?'

살짝 짜증이 올라왔지만, 차분히 말했다.

"특채는 면접의 연장선입니다. 특채 심사권이 다른 사람에게 있으면, 누가 내 말을 듣겠습니까?"

"하지만……."

"내가 주최하는데, 다른 사람의 말을 들으라는 겁니까? 지금? 그럴 거면, 나는 현재건설의 취업 지원을 받지 않겠습니다. 내가 왜? 내가 자선사업가입니까?"

잠시 술렁거렸지만, 나서는 사람은 없었다.

"지금이라도 그만둘 수 있습니다. 그럴까요?"

군중의 분위기가 차갑게 식었다.

'오늘 갑질 한번 제대로 하네. 쳇!'

속으로 이런 생각이 들었다.

'오래는 살겠네. 욕 많이 먹어서.'

'정말 그만 둘 거냐고?'

아니지. 난 절대 그렇게 못 하지.

이 박람회는 차후의 내 계획에서 중요한 역할을 하는 중간

기점이니까!

'아무도 그렇게 하라고 하지 않을 걸 아니까, 대놓고 지르는 거지.'

나 이렇게 화났다. 하고 말이야.

'심사와 학생회에 대한 논란은 오늘로 종결시킨다. 확실하게.'

바로 말을 이었다.

차가운 분위기 속에 내 목소리만 퍼졌다.

"하지만 승범 학우의 제안대로 심사의 자격이 있는지, 평가를 받겠습니다."

"하지만 제 말은……."

'흥. 여기서 해명할 기회 따위를 줄 것 같아?'

날 순진무구 핫바지로 봐도 유분수지!

그냥 밀어붙였다.

다른 소리를 못하게.

"승범 학우 말은, 저에게 '심사의 자격이 있는지 의문이 생긴다.' 그거 아닙니까?"

"저기. 회장. 흥분하지……."

그를 직시하며 물었다.

"그게 아니면, 제가 싫어서 그냥 시비 한 번 걸어보신 겁니까?"

그가 양손을 휘저었다.

"아니, 그건 절대 아닙니다."

"전 제 권리를 누군가에게 빼앗기기 싫고, 그렇다고 그 권리에 대해서 왈가왈부하는 것도 마음에 안 듭니다."

그를 보며 어깨를 으쓱했다.

"그럼 방법은 이것밖에 없죠. 당신이 원하는 대로……. 인정을 받는 것밖에요."

말려드는 느낌이 들었던지, 그가 한 걸음 뒤로 물러나며, 작게 한숨을 내쉬었다.

"휴. 그렇게까지 하고 싶었던 건 아닌데……. 어쨌든 양보해 주셔서 고맙습니다."

'여기서 물러나면 안 되지. 감사는 끝난 뒤에 하라고. 과연 감사가 나올지 모르겠지만.'

그를 지목하며 물었다.

"그 방법에 대해서는 안 물어보십니까?"

그는 나의 지목이 불편했는지, 다시 한 발 군중 속으로 숨었다.

"그건…… 다음에 하는 게 어떻겠습니까?"

사람들이 안도의 한숨을 내쉬었다.

'이제 피 말리는 논쟁도 끝나는구나' 하는…….

이걸로 끝날 거라고 생각해?

오는 게 있으면, 가는 것도 있는 법.

나에게만 자격을 묻고 끝내시겠다?

내 사전에 그런 경우는 없어!

승범을 직시하며 말을 이었다.

"저의 자격 심사와 아울러서……."

'또 무슨 말을 하려고?'

시선이 내게로 집중되었다.

"도우미들의 자격에 대해서도 중간중간 심사를 진행하겠습니다."

내 말이 금방 이해가 되지 않았는지, 웅성거리는 소리와 함께 질문이 날아들었다.

"그게 무슨 말입니까?"

"그게 의미가 있습니까?"

"회장이 말하는 건, 특채에 대한 심사일 거야."

"아냐! 도우미 자격 심사라잖아!"

"그걸 왜 해? 어차피 인원은 정해져 있는 거잖아."

"회장. 정확하게 말해 주세요."

"인원이 바뀌는 겁니까?"

질문에 답했다.

"아뇨. 인원은 바뀌지 않습니다. 50명 그대로입니다."

"그런데 무슨 심사를 한다는 겁니까?"

그들에게 되물었다.

"제가 언제 이 인원으로 끝까지 간다고 한 적이 있나요?"

놀란 승범이 앞으로 나오면 물었다.

"예? 그런 말이 어디 있습니까? 이 인원으로 결정된 것 아니었습니까?"

당연히 없었지. 지금 생각한 거니까.

누구도 물어본 적도 없고, 답한 적도 없다.

'김성훈 호에 자리가 넉넉하다고 생각했어?'

어림없는 소리.

이 배는 '미리 보는 직장 체험!'의 무대라고.

살아남는 녀석들은 목적지에 도착할 거야.

너희들이 손에 쥔 건 승차권이 아니라, '배틀 로얄' 입장권이니까.

뒤에 있는 민수를 돌아보며 웃었다.

'내가 그랬지. 불 질러 놓겠다고!'

민수 녀석의 뜨악하는 표정이 보였다.

'편안한 여행 따위는 기대하지 말라고.'

"당신이 내게 자격을 물었습니다."

"그건……."

"내 자격을 생각하다 보니, 이런 생각이 들더군요. '왜 나만?' 하는 생각이요?"

"회장. 나는 그런 의미로 말한 게 아니었습니다."

하지만 그의 말은 이미 호소력을 잃었다.

그 주변의 차가운 시선들이 말하고 있었다.

'너 때문이라고.'

'네가 문제를 만들었다고.'

'그렇게 나대더니, 결국 사고를 치네.'

허나 이제 그건 그의 문제지, 나와는 상관이 없었다.

"저는 분명히 말했습니다. 당신들의 요청대로 자격을 증명하겠다고요."

'다음에 나올 말이 뭐겠니?'

승범에게 지그시 눈빛을 보냈다.

일그러진 얼굴로 그가 물었다.

"회장 당신이 증명을 할 테니, 우리도 스스로 자격을 증명하라는 겁니까?"

환하게 웃으며, 그에게 답했다.

"정확합니다. 바로 그거죠."

"어째서 이야기가 그렇게……."

승범에게 손을 뻗으며 말했다.

"당신이 시작한 겁니다."

난 오히려 네가 고맙다고.

내가 거기로 비집고 들어갈 명분을 줬으니까.

네게 기대가 커!

'말만큼 실력도 있다면, 남은 특채 한 자리는 네 거다.'

안 되면?

그건 제 사정이지. 내가 알 바 아니잖아?

승범을 직시하며 말했다.

"중간중간의 심사를 통해서, 기존의 인원을 면접 차점자로 교체할 겁니다."

"그게 무슨 소립니까? 누구 동의를 받고."

"서로 자격을 증명하자는데, 뭐가 문제가 되는 겁니까?"

주변에 만들어진 작품들을 보며 말했다.

"저 작품은 누구 건지 모르겠습니다만, 보람 팀의 컨셉을 그대로 가지고 왔군요."

반쯤 열려진 지붕이 내 말을 증명하고 있었다.

다른 곳을 지적하며 말했다.

"이것도. 저것도. 거의 대부분이 카피군요."

"이런 카피작만 나오는데, 자격이 있다는 겁니까? 이런 결과라면 보람 팀 하나만 끌고 가는 게 낫다고 생각 들지 않으세요?"

"창의성이라고는 찾아볼 수 없고, 무난하군요. 교수님들은 어떤 점수를 주실지 모르겠지만, 제가 보기에는 낙제점입니다."

내 말에 학생들이 고개를 숙였다.

반박할 말이라도 있을까?

'가장 편한 길로만 가려고 한 결과지.'

좌중을 보며 말을 이었다.

"제가 현재건설의 가산점을 달라고 요구했던 것은 우리 학교의 인재들에게 좋은 조건을 달라고 한 거나 마찬가집니다."

사람들도 고개를 끄덕이며 인정했다.

다른 학교에서는 볼 수 없는 전무후무한 조건이었으니까.

"현재건설 양 이사는 저를 믿었습니다. 그의 실적을 걸고, 저의 제안을 수락한 거란 말이죠."

사람들이 고개를 끄덕였다.

"우리보다 더 명성이 있는 대학들을 마다하고, 저를 믿어 준 거란 말입니다. 그런데 제가 어영부영 정에 이끌려 사람을 뽑겠습니까?"

당연한 일!

"살아남기 위한 경쟁입니다."

중인들이 내 말을 이해했다.

눈빛들이 빠르게 살아나기 시작했다.

"학교 내에서의 경쟁도 못 버티는데, 현재건설에서 일 년을 보낼 수 있을 같습니까? 거기는 경쟁이 없을까요?"

여기나 거기나, 어차피 경쟁이다.

여기서 나가떨어진 놈이 거기서 버틴다고?

'그런 나약한 녀석들을 보냈다가는, 양 이사한테 욕을 바가지로 먹어도 할 말이 없다고.'

내가 계획한 일은 더더욱 할 수 없을 것이다.

걸림돌이 되지 않으면 다행이지.

벼랑 끝에서 살아남는 놈들만, 현재건설로 데리고 가주지.

'어디서 사람을 물로 봐?'

승범에게 미소를 던지며, 단상을 내려왔다.

타오르는 눈빛들이 승범에게로 향했다.

원망 가득한 시선들!

'괜히 나서 가지고.'

'너 때문에 안 해도 될 고생을……'

'다된 밥에 코를 풀어도 유분수지.'

승범의 어깨가 점점 움츠려 들었다.

단상을 내려가 민수에게 말했다.

"이제 슬슬 시작해 볼까?"

활기찬 내 음성에 민수가 피식 웃었다.

"탈락자들, 어떻게 선별하려고요?"

심사를 하겠다고 말은 했지만, 그에 대한 후폭풍을 염려하는 모습이었다.

'겨우 그런 일에 우리 손을 왜 더럽혀?'

"각 팀에서 한 명씩 떨궈내라고 해. 가장 어울리지 못하거나, 실적 없는 놈들로."

수재들이 모이는 S대, 거기에서도 꼴찌는 분명히 존재한다.

우리라도 별반 다르랴!

"제일 못하는 애들을 뽑아서 뭐하게요?"

"그런 녀석이 빠져야 팀도 제대로 돌아갈 거고, 내팽개쳐지면 정신이 번쩍 들겠지. 그리고 무엇보다……."

민수를 보며 피식 웃었다.

"떨구는데, 우리가 욕을 안 먹잖아."

그 탈락자는 내 팀에서 최종적인 심사를 받을 것이고.

"밀려난 녀석들이 열심히 할까요?"

민수는 모른다.

벼랑 끝에 선 자가 얼마나 필사적인지.

"뭐. 어차피 내게 오는 녀석들은 더 갈 곳이 없으니까. 필사적이겠지. 안 그래도 방법은 많아! 필사적이지 않을 수 없게 만들어주지."

"더 밀어버리려고요?"

"당연하지! 나약한 놈은 필요 없다고!"

살아남는 녀석들은 보기 드문 소수정예가 될 것이다.

'흐흐흐. 어떤 녀석들이 걸릴까?'

웃음이 절로 나왔다.

"민수야. 네 조각칼 좀 빌려야겠다."

"오랜만에 모형 만들 생각을 하니까, 손이 근질거리나 봐요. 아까부터⋯⋯. 크."

민수의 타박에도 몸이 짜릿하다.

기분 좋은 긴장감!

'녀석들을 깜짝 놀래킬 만한 걸 만들어야 하는데.'

72장
딜레마

7개 팀에서 한 명씩을 뽑아서, 또 하나의 팀이 만들어졌다.

그런데 의외의 인물이 포함되어 있었다.

"승범이, 넌 여기 웬일이냐? 잘난 척은 혼자 다 하더니?"

"그러게. 너 팀장 아니었어?"

비꼬는 소리에 승범이라고 할 말이 없으랴?

"흥. 난 너희처럼 실력으로 밀려난 거 아니거든."

"곧 죽어도 자존심은 있어 가지고."

"내버려 두세요. 승범 선배는 초고속으로 떨어질 텐데요. 뭘?"

승범의 얼굴이 일그러졌지만, 그도 그게 걱정이었다.

건축학과 친구가 어제 한 말이 떠올랐다.

'건축학과에서 현 학생회장이랑 마찰이 생기고도, 대학에 남아 있는 사람은 아무도 없어.'

'흥. 그래 봤자, 학생이잖아!'

그 말에 친구는 아니라며, 고개를 저었다.

그가 말하는 퇴출자의 면면 중, 그보다 약하거나 못한 사람은 없었다.

박 교수, 진 교수, 전 학생회장.

그리고 거기에 관련된 사람들 일체.

'타율 십 할이라고. 걸리면 몽땅 아웃이야!'

'다들 제 발로 나간 걸로 알고 있었는데? 아니었냐?'

'있을 곳을 없애버렸는데, 제 발은 무슨! 스스로 사직서를 쓸 수밖에 없었지.'

그가 승범의 손을 꼭 잡으며 말했다.

'저 호탕한 겉모습에 속으면 안 돼. 완전 사악한 놈이야. 교수들도 슬슬 피한다구.'

'나야 뭐. 이제 곧 졸업할 텐데.'

'너 졸업한다고 저놈이 가만히 있을 거 같애? 저거 아직 3학년이야.'

'그래서 뭐! 하고 싶은 말이 뭔데?'

'저번에 전기공학과에서도 학과장이 자기네 학생회장 멱살 붙들고 와서 사과하고 갔다더라. 너 하나로 끝나면 다행이지만……'

그 말에는 뜨끔할 수밖에 없었다.

성훈의 말대로 내년에도 이런 행사가 있다면?

앙심을 품고, 기계과만 따돌림당한다면?

두고두고 우리 과의 역적이 되는 거잖아!

졸업하고 교수님을 찾아뵐 수 있을까?

무슨 낯짝으로?

승범이 말했다.

'그건 안 돼! 친구야. 어떡하면 되겠냐?'

'나도 몰라. 가급적이면 눈에 안 띄는 게 좋지만, 넌 이미……'

'아! 쌍! 겁주지 말고!'

그가 승범을 측은하게 보며 말을 이었다.

'최대한 최선을 다하는 모습을 어필해. 우리 학생회 총무랑 회계 알지?'

건축학과의 총무와 회계.

그들은 다른 의미로 유명했다.

U대학 학생회 임원 중에서 가장 근면 성실한 사람을 뽑으라고 하면, 단연 그 둘이 투 탑이었다.

오죽하면 일반 학생들 사이에서도 화제가 되었을까?

승범도 아는 사실, 고개를 끄덕였다.

'걔네들이 아직 학교에 붙어 있는 게 그 때문인 것 같으니까.'

'정녕 그것밖에 방법이 없는 거냐?'

'아마 그럴 거야. 당한 것보다 두 배는 갚아주는 놈이니까, 여기서 마무리 짓지 않으면, 네가 어디 있든지, 쫓아가서 보복할 걸.'

그런 걱정에 가려, 다른 학생들의 비웃음이 귀로 들어오지도 않았다.

"거참. 어차피 떨거지인 건 선배도 마찬가지면서, 뭘 그렇게 재세요."

"핑계 대기는……. 혼자 잘난 척하다가 그 팀에 떨려난 거면서."

"내 장담하는데 승범 선배는 초광속으로 떨어질 거다."

뒷담화를 뒤로 하고, 한숨을 쉬며 교실을 나왔다.

'좋겠다. 니네들은……. 걱정이 없어서. 휴!'

"저 선배 왜 저러냐? 세상 다 산 사람처럼."

"쯧쯧. 여기서 떨어져 봐야, 겨우 현재건설 하나 줄어드는 건데. 쪼잔 하기는."

쓸쓸한 마음에 화단 턱에 앉아 담배를 꺼내 들었다.

"씨발. 걸려도 더럽게 걸렸어."

팀 미팅을 하러 갔을 때, 승범이 있었다.

'의외인걸? 저 녀석이 밀려나다니?'

녀석이 내 팀으로 올 거라고는 생각도 못 했거든!

"승범아. 환영한다."

그는 내 시선을 외면하며, 손만 슬쩍 들었다.

"응. 반가워."

대놓고 피하려는 모습이었다.

'흠. 녀석. 저렇게 기가 죽어서야.'

반군 대장이면 어떻고, 선동자면 어떠랴!

중요한 건 그만한 능력이 있다는 거지.

선동은 아무나 하는 줄 아는가?

잘 되면 반대편을 포섭할 수 있는 거고, 잘 안 되면? 방해자가 없어지는 거잖아.

그건 또 그것대로 괜찮았다.

'어쨌거나 내 수중에 있다는 게 중요하지.'

피식 웃으며, 사람들에게로 눈을 돌렸다.

"팀장으로서, 이걸 먼저 말씀드리고 싶습니다."

시선이 내게로 집중되었다.

"여기 모인 사람 중에 다 탈락할 수도 있고……. 아니면 전부 남을 수도 있습니다."

잠시 소요가 일었고, 누군가가 물었다.

"어떻게 그럴 수가 있는 거죠? 정해진 방침이 있는 거 아닌가요?"

'정해진 방침. 여기선 내가 방침이지.'

"아시겠지만, 여기는 다른 팀과 다릅니다. 박람회에 필요한 인재를 최종적으로 걸러내는 곳이니까요."

"저는 자격의 증명에 대해 말했습니다. 걸맞은 실력을 모두 보이신다면, 당연히 모두 윈! 그렇지 못하다면, 안타깝지만 저는 다른 팀원을 선택해야 합니다."

내 자격의 평가는 박람회 이후에 이루어진다.

특채는 그 이후에 선정되는 거니까.

"그런 결과는 저도 원하지 않습니다."

학생들이 고개를 끄덕이며, 수긍했다.

그들을 하나하나 둘러보며 말을 이었다.

"인재를 걸러내는 안전망이 될 것인지, 반대로 최종 하수 처리장이 될 것인지는 여러분의 각오에 달려 있습니다."

제각기 한숨들을 쏟아냈다.

"규칙은 간단합니다. 제게 보여주시면 됩니다. 여러분이 도우미로 잔류해야만 하는 이유를 말입니다."

경호가 말했다.

"승범 선배. 고소해 죽겠어요."

"너무 그러지 마. 그 선배도 입장이 되게 난감하겠던데."

의아해하며 물었다.

"왜요?"

"생각해 봐. 자기가 형한테 자격을 보이라고 했는데, 이제는 자신이 시험을 당하게 생겼잖아."

경호가 코웃음 쳤다.

"흥. 자업자득이죠."

그들의 말을 듣다 보니, 상황이 재미있었다.

"승범이 녀석. 엄청 딜레마겠는데?"

"딜레마라니 무슨 말씀이세요. 선배님?"

"원래 녀석이 말한 대로 다른 사람에게 특채 심사를 맡기려면, 내가 이번 자격 시험에서 탈락을 해야 해."

"그렇죠."

"그런데 잘 봐봐. 녀석이 지금 내 팀으로 들어왔다고."

"아하. 형을 떨어뜨리기 위해서는 자신이 못해야 하는데, 그랬다가는……."

"그렇지. 팀은 와해가 될 거고, 녀석이 제일 먼저 잘려 나가겠지."

민수가 조용히 고개를 끄덕였다.

"그러네요. 딜레마. 그 말이 딱이네요. 이러기도 뭐하고, 저러기도 뭐한."

"선배님은 승범 선배가 어떤 선택을 할 거라고 생각하세요?"

녀석은 과연 어떤 생각을 할까?

"어차피 둘 다 맘에 들지 않는 결과라면, 자신에게 득이 되는 쪽을 택하지 않겠어?"

"선배님이라면 어떻게 하실 건데요?"

"나라면 제일 먼저 나의 생존을 생각하겠어. 심사는 누가 하든 나에게 절대적인 플러스가 된다고 확신할 수 없지만, 내가 살아남는 건 절대적인 플러스거든."

"정말 그럴까요?"

확신하며 답했다.

"사실 생각할 여지도 없는 문제지."

하지만 모두가 나와 같은 생각만 하는 것은 아니었다.

"성훈아. 너 쟤네들 데리고 되겠어?"

내가 걱정되어 찾아온 보람의 말이었다.

"왜? 걱정 되냐?"

"상황이 이런데, 넌 지금 웃음이 나오냐?"

"무슨 말을 들었기에, 걱정하는 거냐?"

"걱정 안 되게 생겼니? 패잔병들 데리고 전투를 벌여야 하는데."

보람이 내게 물었다.

"생각해둔 방법은 있는 거냐?"

"하아! 일단 모아는 놨는데……. 이거 어디서부터 시작을 해야 할지를 모르겠네."

"내 입장도 녀석들과 별반 다를 바 없을 테니까, 딱 잘라서 말하기는 그런데……."

보람이 말을 얼버무렸다.

"할 말 있으면 시원하게 해."

"사실 이번에 네 팀에 모인 애들이 그다지 실력이 없다거나 하는 녀석들은 아니야."

"그걸 네가 어떻게 알아?"

"막말로 현장 분위기는 민수나 경호보다 내가 더 잘 알 거 아니냐?"

현장에 가장 가까이 있는 보람이니, 일리 있는 말이었다.

고개를 끄덕이자, 보람이 말을 이었다.

"네가 뽑았다면, 가장 실력이 없는 녀석을 추려냈겠지만, 어디 애들이 그러냐?"

이십 대 중반!

어른이라고 하기는 사회 경험이 일천하고, 어리다고 하기는 때가 많이 묻은 애매한 나이.

보람이 말을 이었다.

"애들이 깊이 생각하고 투표했겠어? 그냥 보기 싫거나, 팀 분위기에 별 도움 안 된다고 생각하는 사람에게 적당히 투표한 거지. 사실 인기 투표나 마찬가지였다고."

"하지만 이건 연예인 뽑는 게 아니지."

보람이 무슨 말을 할지 감이 왔다.

사실은 깊이 고려하지 않았던 문제였다.

"오죽하면 팀장이었던 승범이가 탈락했겠어? 녀석의 잘난 척 때문에 좀 밥맛없는 건 사실이지만, 애들 끌고 가는 통솔력은 쓸 만했다고."

"그래! 나도 승범이 밀려난 건 좀 의외였어."

"그게 꼭 실력 때문이겠어?"

"흐. 나하고 사이가 안 좋기 때문이라는 거군."

"잘 아네. 넌 그렇게 생각 안 한다고 해도."

나를 뻔히 보더니, 말을 이었다.

"넌 실력밖에 안 보는 놈이니까."

"하지만 다른 녀석들은 그렇게 생각 안 하거든. 생각해 봐라. 네가 심사를 할 건데……."

"누가 그래? 아직 자격 심사도 안 했는데?"

"이미 정해진 거나 마찬가지야. 거의 과반 이상은 당연히 자격을 증명할 거라 생각하고 있어. 그리고……."

보람이 당연하다는 코웃음을 날렸다.

"흥. 내가 보기엔, 거의 그럴 일은 없겠지만, 다른 교수가 심사를 한다고 해도, 넌 무슨 수를 쓰든, 네가 원하는 사람을 뽑을 거라 생각되거든!"

'잘 아네.'

난 내 권리를 양도할 생각이 전혀 없거든.

'혹시 반발이 심해서, 다른 사람이 심사를 한다고 해도 마찬가지지. 총장한테 졸라서라도, 나한테 필요한 놈으로 꽂아 넣을 거라고.'

보람이 말을 이었다.

"그런 너하고 사이 안 좋은 녀석이 팀에 있다고 해 봐! 누가 좋아하겠어, 안 그래?"

'아하! 왜 승범이가 거기 있나 했더니…….'

작은 의문 하나가 풀렸다.

"실력이 고만고만한데, 왜 안 된다는 거냐?"

"녀석들의 사기가 완전히 바닥이거든."

"흐음. 그렇단 말이지?"

보람이 결정을 종용했다.

"아예 잘라내 버리고, 다른 녀석들로 채용해. 승범이만 해도 그래. 너한테 도움이 될 수도 있겠지만, 억하심정으로 널 물고 늘어지면 어떡할래? 같이 죽자고 말이야."

그럴 일은 없겠지만, 그의 말을 듣다 보니 슬슬 오기가 생겼다.

'다른 학생들도 똑같이 생각한다는 거 아냐?'

내가 이번 녀석들을 잘라버리고, 새로운 인원을 뽑으려고 한다고 말이다.

그러면 오전에 내가 한 말과 다르게 된다.

'인재의 안전망은커녕, 하수구만 되는 거라고.'

"성훈아. 이번엔 아무리 너라도 무리야."

그의 말은 진심이었지만, 내 생각과 달랐다.

"성훈이, 네가 일일이 면접 보며 뽑은 사람들이니까, 나하고는 다르겠지만, 일벌백계의 마음으로 강하게 쳐내는 게 좋을 거야."

단호한 보람의 말에 진심을 느꼈다.

쳐내는 건 쉽지. 내게 결정권이 있으니까, 하지만 그게 반드시 능사는 아니라고.

보람의 어깨를 다독이며 말했다.

"보람아. 걱정해줘서 고맙다."

"그럼 내 말대로……."

"녀석들에게는 마지막 기회일 거야. 아무리 미운 녀석들이라도, 마지막 기회를 가질 권리는 있잖아."

보람이 고개를 끄덕였다.

"그래. 알았어. 하지만 네 마음에 드는 녀석이 그렇게 쉽게 나올까? 난 몇 주를 봤지만, 안 보이던데?"

내게 덤비든, 복종하든 그건 중요하지 않다.

내가 보는 것은 단 하나.

스스로 빛을 발하느냐 않느냐이다.

'오랜 시간을 두고 판단할 수도 있겠지.'

이번 생으로 돌아온 지, 어언 2년 하고 반이 넘었다.

하지만 한 교수와 민수보다 더 오래 내 옆에 있었던 사람은 없다.

그 외에 다른 사람들, 학과 친구들과도 오랜 시간을 보냈지만, 딱히 눈에 띄는 녀석은 없었다.

그 기간 동안, 내가 결론 낸 것은 이거다.

시간의 장단이 아니라, 얼마나 자신을 어필하느냐?

이것이 포인트였다.

'현재건설과 오래 일했기 때문에, 곽 이사와 양 이사를 만날 수 있었을까?'

어림없는 소리.

그들이 찾아온 것이다.

내가 찾은 것이 아니라!

그런 높은 지위에 있는 사람이 일개 학생을 찾아올 이유가 어디에 있을까?

그들이 본 것은 나의 번뜩임이지 않았을까?

'이 녀석과 함께하면 뭔가 좋은 일이 있을 것이다'라는 직감!

'여기서도 마찬가지지.'

스스로 어필할 수 없으면, 아무도 돌아보지 않는다.

누군가를 욕할 이유가 없다.

'너 말고도 빛을 내는 별이 얼마나 많은데, 너 하나에 시선을 고정시키라는 말이니?'

대기만성?

둔한 천재에 대한 측은지심이 아닐까?

다 늙어 이름을 날리면 무엇 하리?

꼬부랑 할배가 되어서 미인을 만나면 그보다 안타까운 일이 있으랴?

차라리 안 만나는 게 낫지.

보람에게 말했다.

"내 눈에 딱 한 번만 띄면 돼. 그 정도 기회는 주는 게 뽑은 사람의 예의 아니겠어?"

내가 원하는 건 단 하나.

단 한 번의 반짝임!

그건 나의 다짐이기도 했다.

"보람이 걱정할 정도란 말이지."

경호와 민수를 불렀다.

아까 잠시 훑어본 것만으로는 분위기를 알 수 없었다.

"경호야. 분위기는 어떤 것 같니? 넌 처음부터 가 있었잖아."

"보람 선배 말대로 패잔병들 같아요. 믿었던 팀원들에게 밀려났다는 게 충격인가 봐요."

"누구든 겪을 일이야. 자기가 떨궈지지 않았으면, 자신이 찍은 사람이 밀려나왔겠지."

"그럴 거예요. 다들 똑같이 한 표씩 행사했을 테니까."

경호가 물었다.

"선배님, 그냥 새로운 사람으로 대체하시지, 왜 이렇게 팀을 짜신 거예요?"

새로운 사람을 들이는 것.

사실상, 그건 그것대로 곤란한 문제였다.

처음 뽑을 때, 가장 최적의 인재를 골랐었다.

그럼에도 불구하고 이런 결과가 나온다는 것은 재료의 문제가 아니라, 조리 방법의 문제라는 생각이 강하게 들었던 것이다.

하지만 그 말을 뱉는다는 건, 나의 실패를 인정하는 것과 같았다.

아직 시작도 하지 않았는데, 실패를 인정하다니, 부끄럽지 않은가?

'그렇게는 못해! 지금까지 들였던 시간이 아까워서라도 안 돼!'

민수도 경호와 같은 의견이었다.

"형. 보람 선배도 걱정하는 것 같던데, 꼭 이 팀으로 해야겠어요?"

"이 팀이니까 더 좋은 거지. 자격을 증명 받는데, 최고의 팀으로 해서는 쓸데없는 말이 나오지. 그건 누가 해도 당연한 결과일 테니까."

어차피 새로운 사람들이 들어온다고 한들, 적응하는 데 시간이 걸릴 것이다.

그러느니 차라리 기존의 인재들로 최대한 잠재력을 살리는 것이 나았다.

'쫓아버리는 건, 자격을 증명한 뒤에 해도 충분해.'

뽑았다는 것에 대한 책임감 이전에, 이건 자존심의 문제라고.

민수가 히죽거리며 웃었다.

"왜 웃어?"

"형. 말로는 내쫓아버리겠다고 해도, 막상 버리지는 못하시네요."

"어쩌겠어. 내가 뽑았는데, 하는 데까지는 해 봐야 저 사람들에 대한 예의 아니겠어?"

시작이 삐걱거려서는 내년에도 이런 오류가 반복될 것이다.

그래서 첫 단추가 중요하다고 하지 않던가!

"이러기도 뭐하고, 저러기도 뭐한 것. 그게 형의 딜레마네요."

"어쨌든 확실한 건, 녀석들이 특별히 실력이 없어서 축출된 건 아니란 말이지."

지금 팀에 남아 있는 사람들도 보람의 말에 의하면 예비 패잔병들이었다. 단지 지금 밀려나지 않았다는 게 다를 뿐.

"선배님. 그래도 분위기가 너무 안 좋아요."

"그냥 익숙하지 않은 것뿐이야. 여기 모인 녀석들은 전부 과수석을 도맡아 하던 녀석들이거든. 언제 꼴찌를 해 봤겠어?"

분야는 다르지만, 항상 과의 중심을 차지하던 인재들이었다.

'밀어냈으면 밀어냈지, 밀려본 적은 없었을걸.'

그런 그들이 이런 말 같지도 않은 투표로 인해, 변두리로 밀려났다.

그것도 더 이상 밀려나면 안 되는 벼랑 끝으로.

그 충격을 이루 말할 수 있으랴!

'하지만 어떡해. 극복해야지.'

"극복이 안 되면 어떻게 하죠. 그럼 당장 형의 팀이 위태로운 상황이잖아요."

"그건 걱정하지 않아도 돼."

"왜요?"

"기본적으로 수석을 할 정도로 독기가 있는 놈들이야."

노력과 성실이 생활화된 사람들이었다.

그런 자들이 이런 곳에서 탈락한다?

'그게 더 말이 안 되는 소리라고.'

"하지만 충격을 회복하는 데는 시간이 좀 걸릴 거예요. 좀 시간을 주는 게 어때요? 그 선배들도 시간을 좀 달라고 하더라고요."

민수가 걱정하며 말했다.

'그런데 어떡하니? 난 기다려줄 생각이 전혀 없는데.'

건드렸으면 각오를 해야지.

어디서 자기들 사정만 이야기하고 있어?

"형. 지금 그 표정. 굉장히 사악해 보여요."

나도 모르게 웃고 있었나 보다.

민수가 새초롬한 눈으로 나를 주시하고 있었다.

"큼. 큼. 그래 보이냐?"

귀밑까지 찢어졌던 입을 가렸다.

"녀석들이 측은해서 그런 건데. 쯧쯧."

"제가 보기엔 즐거워 죽으려는 것 같은데요?"

진지한 표정으로 말했다.

"아냐! 이건 새로운 걸 만들 생각을 하니까 즐거워서 그런 거야. 조각칼 가져 왔지! 얼른 이리 내."

민수는 여전히 불신에 가득 찬 눈빛이었지만, 뭐 어쩌겠어. 당사자가 그렇다는데.

민수가 물었다.

"이제 어떡하실 거예요."

"뭘 어떡하긴, 딴 생각 못 하게 몰아붙여야지."

이미 방침은 정해져 있다.

"그렇게 몰아붙여서 되겠어요? 아직 충격을 못 벗어난 것 같은데."

"여기서 그 녀석들보다 딱히 뛰어난 사람도, 떨어지는 사람도 없어. 이미 정예 중의 정예라고."

민수도 고개를 끄덕였다.

"하긴 저도 면접 볼 때 같이 있었으니까, 잘 알죠. 다들 과에서 내로라하는 인재들이죠."

"그리고 지금 이 상태에서 다른 특별성을 보이지 못한다면, 이들의 탈락은 정해진 거라고. 내가 팀장으로 있는 이상, 그건 용납을 못 해!"

내가 보는 그들의 문제는 정신적 충격이나 실력 따위가 아니다.

분위기 파악이 아직 덜 된 거지.

"그 사람들 모두 저나 경호처럼 생각하지 마세요. 형처럼 실전으로 덤비는 타입은 아직 만나보지도 못했을 텐데."

"알고 있어. 바탕은 좋은데, 실전 경험이 없는 신병들이라는 게 문제지."

"그러니까 좀 살살……."

전투가 시작되는 순간, 신병 딱지는 의미가 없다.

"아냐! 이럴 때일수록 몰아붙이는 거야! 다른 생각 일체 못하고, 일에만 집중하도록."

"팀장, 분명히 민수 학우를 통해서, 잠시 쉴 시간을 달라고 했습니다만."

"네. 저도 그 말은 들었습니다."

"그런데 왜 이렇게 급히 소집을……."

"의견을 묻고 싶었습니다. 다른 팀과 동일한 속도로 프로젝트를 진행하다가는, 제가 여러분을 평가할 기회가 한 번밖에 없을 것 같았습니다. 하지만 그렇게 되면, 여러분의 진면목을 제대로 보지 못할 게 뻔하구요. 그래서 그릇된 평가를 하지나 않을까 걱정이 되었습니다."

"그래서 어쩌자는 말입니까?"

자포자기에 가까운 승범의 말이었다.

'자기가 하자면 하는 수밖에 없는 걸 뻔히 알면서! 동의는 무슨!'

불만 가득하지만, 차마 발산은 못 하는 표정.

"저는 여러분께 두 번의 평가 기회를 드리고 싶습니다."

한 학우가 물었다.

"그럼 기회를 한 번 더 주신다는?"

"그렇습니다."

학우들끼리 서로 의견을 나누었다.

"그래도 들리는 소문처럼 그렇게 독한 인간은 아닌가 봐! 기회를 한 번 더 준다잖아?"

"뭔가 미심쩍은데, 내가 알고 있는 정보로는 저렇게 관대한 사람이 아니었다고."

"뭔데? 무슨 정보?"

비밀스레 소곤거리는 소리에 중인의 이목이 집중되었다.

앞에서 떠들어 대는 회장에 대한 정보였다.

"내 고등학교 후배 하나가 건축과였거든, 한석이라는 놈인데, 지금 군대 가 있거든."

"그런데?"

"걔가 저 인간 욕을 얼마나 했는지 알아?"

"뭐라고 했는데?"

"처음에는 열심히 하자고 살살 격려하더래."

"열심히 하자는 게 어때서?"

"그게 함정이라는 거지. '네, 열심히 하겠습니다.' 그 한마디로 족쇄에 묶이는 거지. 일단 시작하면, 잠도 안 재운대. 잠 와서 죽겠다고 한마디 했다가, 욕을 바가지로 먹었대. '잠! 잠꼬대 같은 소리 하고 쳐 자빠졌네. 죽으면 영원히 잘 수 있으니까, 닥치고 일어나 해!'라고 개쌍욕을 하더래."

"그걸 놔뒀대? 한판 붙지 그랬어?"

"그 녀석이 얼마나 양아치인데, 그냥 놔뒀겠어? 덤볐지!"

"그래서 어떻게 됐는데?"

"발차기가 얼마나 찰지게 들어오는지, 한 방에 설설 기었다고 하더라고. 그다음부터는 뭐, 알아서 기었다고 하던데?"

그 말을 듣던 학우가 조용히 끼어들었다.

"그래도 열심히 하자고 하는 게, 뭐 그리 나쁜 거라고, 덤비기까지 했대? 건축과 군기가 그것밖에 안 돼?"

그의 반론에 한석의 선배가 코웃음 쳤다.

"제 죽을 줄 알고 덤볐으니, 오죽하면 그랬겠냐구? 한석이 녀석, 끽소리 못하고 5일 밤샌 다음에 병원에 실려 갔잖아."

"그렇게 빡시게 굴린대?"

"농담 아니고, 좀만 늦었으면 심장마비 올 뻔했다던데?"

"정말이냐?"

"그래. 원래 그 녀석 졸업하고 군대 가려고 했는데, 바로 그해 겨울에 지원해서 갔잖아!"

"진짜?"

"저 인간이랑 붙어 있으면 목숨이 간당간당하다고 확신했던 거지."

발 없는 말이 천 리 간다.

한석에 의해 부풀려진 소문이 순식간에 퍼졌고 반응이 갈라졌다.

'야! 진짜 지금 관두는 게 나은 거 아니냐? 똥 밟은 셈 치면 되잖아! 안 그래?'

'설마 그렇게까지 하겠냐? 우리가 건축과 학생도 아니고. 그건 아닐 거야.'

'그래도 일단 확인은 해야 되지 않아? 기회를 한 번 더 준다잖아.'

'그럼 누가?'

순식간에 승범에게로 눈길이 모아졌다.

'어차피 미움받았으니, 끝까지 미움받으라 그거냐? 젠장!'

무언의 압박에 떠밀려 승범이 손을 들었다.

'이것들이 지금 무슨 얘기를 하는 거지?'

어떤 말이 되었든, 내게 유리한 말은 아니리라.

나를 힐끗힐끗 훔쳐보며 말을 옮기는데, 호환·마마를 보는 듯한 눈초리였다.

승범이 손을 들었다.

"팀장. 질문 있습니다."

"말씀하세요. 승범 학우."

"그런데 기회를 왜 한 번 더 주시려는 거죠?"

"솔직히 말씀드리죠. 다른 팀들은 여러분들이 나가고, 새로운 사람이 들어오기를 바랄 겁니다."

팀원들이 고개를 주억거렸다.

"그건 어쩔 수 없죠. 자기들 손으로 내보냈으니, 계속 얼굴 마주치기는 껄끄러울 겁니다."

"그런 이유도 있지만, 문제는 조만간 결정을 내려야 한다는 겁니다. 잔류와 탈락자의 명단을 공개해야 한다는 말이죠. 그 시간은 길게 끌어봐야 일주일 정도가 한계일 겁니다."

승범은 쓸쓸한 표정으로 수긍했다.

"그것도 어쩔 수 없죠."

"잔류시키기 위해서는 그에 합당한 이유가 필요합니다. '반드시 우리에게 필요하다. 그러니 잔류를 시켜야 한다'는 명분이 필요해요.”

“하지만 한 번으로 여러분의 실력을 평가하기엔. 제가 너무 부족하다고 생각했습니다. 그래서 제게 한 번 더 기회를 달라고 말씀드리는 겁니다.”

한 팀원이 옆 사람에게 귓속말을 했다.

“진심인 거 같은데?”

“응. 내가 봐도 그래.”

“저 말에 넘어가면 안 된다니까?”

‘넘어가면 안 된다고?’

한 학우의 말이 유난히 잘 들렸다.

‘아까 한석이 어쩌고 하던 녀석이잖아.’

“그래도 기회를 한 번 더 준다는 건 사실이잖아. 저 말에 무슨 문제가 있냐?”

‘근거 없는 의혹이 확산돼 봐야 이득될 건 없어.’

“승범 학우는 어떻게 생각하십니까?”

일부러 그를 지목했다.

‘하기 싫다고 하기만 해 봐!’

정말 내가 싫어서 시비 걸었던 것이 아니고, 그 일에 대한 미안함이 남아 있다면, 내 편을 들어줄 것이다.

나와 다른 학우들을 번갈아 보다가 승범이 말문을 열었다.

“팀장의 말에 동의합니다.”

한 명의 동의를 얻어냈다.

"다른 분들도 동의하십니까?"

각각의 면면을 바라보며 호소했다.

'제발 동의하라고. 너희들 그대로 데리고 박람회를 가고 싶다고.'

자격을 증명할 거면, 처음에 이의 제기한 녀석에게 보여줘야 한다.

승범을 비롯한, 반대 입장을 표명했던 사람들에게.

'엉뚱한 사람에게 인정을 받아봐야 의미가 퇴색할 뿐이지.'

내 진심은 통했다.

모두들 고개를 끄덕였다.

"감사합니다. 제가 여러분과 끝까지 박람회에 참석할 수 있도록 최선을 다하겠습니다."

팀이 한마음이 되는 것, 그것보다 더한 시너지 효과가 어디 있나?

내 열의가 그들에게 전해진 듯, 눈동자들이 열정으로 불타올랐다.

73장
현장실측

한 사람이 일어서서 물었다.

"그럼 평가 시간이 좀 더 늘어난 건가요?"

"당연한 거 아니야? 평가를 두 번 한다잖아."

준비 기간이 늘어나는 만큼, 더 많은 준비를 할 수 있다는 생각이 지배적이었다.

그만큼 탈락의 위험은 적어지니, 기쁜 건 어쩌면 당연한 반응이리라.

시간을 벌었다는 생각에 안도의 한숨을 내쉬는 사람도 있었다.

그럼에도 승범의 얼굴은 어두웠다.

흐뭇하게 웃고 있는 나를 봐서일까?

'이제 진실을 알아야 할 시간이지.'

그들에게 정색하며 말했다.

"최종 평가는 일주일. 변함이 없습니다."

"그게 무슨 말인가요?"

"우리는 다른 팀과 똑같은 조건으로 경쟁해서는 의미가 없습니다. 오히려 그들이 이의를 제기할 빌미를 제공할 뿐입니다."

"그게 무슨 말입니까?"

"탈락시키라고 보내놨더니, 미적거리면서 시간만 끈다고 말입니다."

"너무 과대 해석하는 것 아닙니까? 팀장?"

승범이 그를 보며 말했다.

"아냐. 팀장 말이 정확해. 다른 팀 녀석들은 우리가 불편할 거야. 과대해석이든 뭐든, 불편하다는 사실은 명백한 사실이라고."

"승범 학우의 말이 맞습니다. 우리는 저들과 동일한 일주일 동안 저들이 반박하지 못할 결과를 만들어야 합니다."

말은 길었지만, 요지는 이거지.

'남들 한 번 할 때, 우리는 두 번 하자! 두 배로 괴로울 테지만, 생존 확률도 두 배로 커질 거야.'

승범이 팀원들을 보며, 한숨을 푹 내쉬었다.

'하아. 이것들아. 적당히 봐줄 때, 그냥 못 이기는 척 따라

가자고.'

여기서 따지고 들었다가는, 더 심한 조건을 내걸 게 분명
한데.

성훈이 팀원들을 보며, 눈동자를 빛내고 있었다.

'더 말해 봐. 더. 더.'

웅성대는 소리 속에서도, 불평은 잘만 들리는 모양인지,
성훈은 불평을 토로하는 학우의 얼굴을 보며, 웃음 짓고 있
었다.

'저 녀석은, 아주 고생문을 여는구먼.'

불만을 말하지 않는 사람은 승범뿐이었다.

'차라리 이 기회에 점수나 좀 만회해 두자.'

결심을 굳힌 승범이 말했다.

"학우 여러분, 지금 느긋하게 마음먹을 때가 아니라고요."

"승범아. 다른 팀의 두 배라잖아. 지옥의 스케줄이 될 거
라고."

"그럼 우리가 기존 팀과 똑같이 대접받기를 바란 거야? 입
장 바꿔서 생각해 보라고."

"……."

"어차피 벼랑 끝이야. 회장이라고 남들보다 두 배로 고생
하고 싶겠어? 다 우리 생각해서 하는 말이잖아. 애처럼 굴지
말자고. 우리!"

"하지만……."

"팀장 말대로 녀석들이 입을 딱 벌릴 결과를 만들어서 보여주자고. 너희가 쫓아낸 우리가 더 뛰어나다는 걸 증명하자는 말이야."

분위기를 끌어가는 승범을 보며 속으로 웃음이 났다.

'허 참. 저 녀석이 제일 잘하는 건, 공부가 아니라 선동이 아닐까?'

양날의 검이지만, 제대로 쓰기만 한다면 제 역할을 톡톡히 하겠는걸?

승범이 물었다.

"이제 어떻게 하면 되겠습니까?"

분위기를 몰아서, 내게 토스하는 느낌이었다.

'이 분위기 그대로 가자, 그거지?'

이미 생각해 둔 것은 있었다.

그게 만들고 싶어서 손이 근질거렸던 거니까.

그 전에 선결되어야 할 과제.

함께한다는 집단의식.

'나 혼자 끌고 가는 건 한계가 있지.'

승범이 분위기를 잘 만들어 두었다.

'녀석. 보기보다 눈치가 빠른걸.'

무엇보다 어떤 연유인지는 몰라도, 상당히 협조적이었다.

좌중을 돌아보며 말을 꺼냈다.

"우선 팀원들의 의견을 다 들어보는 것도 중요하겠지만,

아시다시피 우리는 그럴 여유가 없습니다. 최대한 빨리 결과를 내야 하죠."

승범이 주위를 둘러보더니, 내 말을 받았다.

"그건 이미 알고 있습니다. 팀장이 생각해 놓은 게 있다면, 듣고 싶습니다."

'좋군.'

리더의 심경을 살펴서, 할 말을 미리 해주는 것.

내 주변의 인물들, 민수나 한석과는 너무 달랐다.

승범의 분위기에 한 학우가 동참했다.

"승범 선배 말이 맞다고 생각합니다. 지금은 의견을 모으기 위해 시간을 낭비하는 것보다, 바로 실행으로 들어가는 것이 좋을 것 같습니다."

"이왕 할 거라면, 팀장의 의견을 따라가죠. 어제 보람 선배에게 조언하는 걸 보면, 안목도 충분한 것 같던데요."

"맞아. 그리고 적어도 그 팀보다는 더 나을 거 아냐? 그렇게 생각지 않아?"

은연중에 승범이 분위기를 주도했지만, 나쁘지 않았다.

'이러면 오히려 내가 편하지. 부팀장을 시킬까?'

리더가 되기엔 포용이 부족하지만, 좋은 참모가 되기에는 자질이 충분했다.

그들에게 말했다.

"하지만 쉽지 않을 겁니다. 남들 두 배로 작업 진행이 될 테니까요."

승범이 말을 받았다.

"이미 그 정도 각오는 하고 있습니다. 민수 학우를 통해서 넌지시 들었습니다. 어떻게 작업을 하시는지 말입니다."

그가 팀원들을 돌아보며 말했다.

"그렇지 않습니까? 여러분?"

"음……. 이미 아는 사람은 다 안다고 봐야죠. 팀장의 지옥행군은 이미 다……."

'각오가 되었다는 말이지?'

각각의 의지가 눈동자에 서려 있었다.

"좋습니다. 제가 우리 팀에 가장 어울린다고 생각했던 건 '법주사 팔상전'이었습니다."

"팔상전이요?"

"너 그게 뭔지 알아?"

"모르겠는데. 역사책은 고등학교 이후로 본 적이 없어."

"흠. 나도 그래. 역사는 달달 외웠었는데, 기억이 안 나."

"그래도 어느 정도 인지도가 있는 걸 할 줄 알았는데."

"그러게. 사람들이 알지도 못하는 걸, 왜 하려는 거지?"

국보 제55호인 법주사 팔상전은 우리나라 유일의 목조 5층탑이지만, 관심이 없다면 금방 알 수는 없었다.

'몰라도 돼. 금방 알게 될 테니까.'

한 학우가 손을 들었다.

"팀장! 질문 있습니다."

"말씀하세요."

"다른 팀들은 누구나 이름만 대면 아는 걸 소재로 삼고 있습니다."

"그렇죠. 알고 있습니다."

"그럼 우리도 남대문이나, 불국사 대웅전처럼 유명한 것을 하는 것이 낫지 않을까요?"

의문이 있다는 것은 관심의 표시이며, 질문은 의지를 투영하는 것이었다.

역시 반응들이 좋네. 실망에 빠져 있을 시간 따위는 없다는 걸 본능적으로 아는 것이다.

'적어도 리더의 의도를 알면, 같은 방향으로 움직이지 않겠어? 혼선의 여지가 줄어들지.'

흔쾌히 그의 물음에 답했다.

"제가 굳이 인지도가 없는 법주사 팔상전을 택한 것은 박람회의 주요 참가자를 고려했기 때문입니다."

"참가자요?"

"네. 그렇습니다."

"그렇다면 더더욱 아는 것을 하는 것이 낫지 않을까요? 초청자들 대부분이 외국인인 것으로 알고 있습니다."

그들이 의아해하는 것도 당연했다.

"맞습니다. 우리 작품을 볼 사람들은 대사관의 직원들이

대다수를 차지하죠. 어느 정도는 한국의 문화를 아는 사람들입니다."

모두 고개를 끄덕였다.

나는 '어느 정도'라는 단어에 대한 기준이 다르다고 생각했다.

'우리와 그들의 어느 정도는 기준점이 다를 수밖에. 학습의 정도가 다르니까.'

"그 어느 정도라는 말을 저는 '수박 겉핥기'라고 표현하겠습니다. 그리고 아마 그들은 우리가 중학교에서 배운 것보다 더 수준이 낮지 않을까 추측합니다."

물론 한국에 관심이 있어서, 한국 대사관을 지원한 사람도 분명히 있겠지.

'하지만 아직 알려지지도 않은 작은 나라에 관심을 가지는 사람이 얼마나 있을까?'

한국에 세계에 이름을 알리는 데 가장 큰 기여를 한 것은 '2002 월드컵'이 아닐까?

그 이후에 한국 문화에 대한 관심이 폭발적으로 증가했었다.

지금은 거의 관심의 불모지라고 해도 마찬가지였다. 그런데 자신들의 일에 필요한 것보다 더 관심을 가진다는 것을 지난한 일이리라 생각했다.

"팀장이 그렇게 생각하는 이유가 뭡니까?"

"그들은 임기를 마치면, 자국으로 돌아갑니다. 평생 살 것도 아닌데, 과연 우리들처럼 관심을 가질까요? 자신들의 뿌리도 아닌데?"

수긍하는 그들을 보며 말을 이었다.

"그렇다면 그들은 한국의 문화란, 불국사 대웅전, 남대문, 경복궁 정도가 한국의 전부라는 생각을 하고 있을 겁니다. 하지만 정말 그런가요?"

아무도 대답이 없었다.

존재 자체를 모르는데, 어떻게 호불호가 생길까?

"저는 그렇지 않다고 봅니다."

"더 다양한 문화들이 있지만, 그들은 그것을 모르고, 자신이 아는 것이 전부라는 착각에 빠져 있습니다."

"그리고 이미 다 안다고 생각하니, 식상해하고 관심도 없죠. 지루해할 뿐입니다."

"우리는 그들의 편견을 깨야 합니다."

'무슨 수로?'

팀원들의 눈이 묻고 있었다.

"아직도 한국에는 네가 모르는 것투성이다. 그리고 당신을 즐겁게 할 보물들이 도처에 널려 있다고 알려줘야 합니다."

"그런데 그들이 뻔히 아는 걸 해야 할까요?"

"그럼 그런 것들은 엄청나게 많을 텐데, 왜 하필 법주사 팔상전입니까?"

"그들에게 선보일 작품은 깊이가 너무 깊어도, 얕아도 곤란합니다."

"왜 그렇습니까?"

문화 충격이란 받아들일 수 있는 선이 있다.

고건축이 아름답다 하지만, 보는 이의 수준에 맞지 않으면, 그것이 품고 있는 아름다움이 보이는 것이 아니라, 세월의 초라함만 느끼게 된다.

그건 나의 취지와 벗어나지 않겠는가?

"적당한 선을 지키지 않으면, 하지 않느니만 못한 결과가 나올 겁니다."

승범이 물었다.

"그런데 문제는, 저희가 그 건물이 어떻게 생겼는지도 모른다는 겁니다. 시간이 너무 촉박하지 않겠습니까?"

시간만 부족하겠는가?

'아니! 오히려 부족하지 않은 걸 찾는 게 빠를 정도라고.'

"하지만 여러분들과 함께라면 충분히 가능할 거라 믿습니다."

한 학우가 성훈에게 물었다.

"팀장. 도면은 있습니까?"

"없습니다."

"그럼 자료는요?"

"그것도 없습니다."

"도면도 없고, 관련 자료도 아무것도 없네요. 그럼 대체 어떻게 시간 내에 결과를 만든다는 말입니까?"

경악하는 그들에게 성훈이 단호하게 말했다.

"없으면 우리가 직접 만들면 됩니다."

"네? 직접 만든 다고요?"

성훈이 생각하기에는 당연했을 수도 있다.

'이미 만들어져 있는 것. 그대로 베끼는 것뿐인데, 뭐 그리 어렵게 생각해?'

하지만 그건 성훈의 생각이었고, 승범은 할 말을 잃었다.

'이건 뭐, 생짜로 맨땅에 헤딩이잖아!'

다른 학우가 승범을 앞지르며 말했다.

"도면 없이, 우리가 뭘 한다는 말입니까?"

"하물며 우리는 건축학과도 아니라고요."

그들의 말을 가로막으며, 성훈이 말했다.

"우리가 만들려고 하는 것은 건축물입니다."

"그러니까요? 도면이 없잖아요?"

"똑같이 만든다는 건, 도면을 그대로 현실화 한다는 것이 아닙니다."

한 학우가 갸웃하며 물었다.

"전 이해가 안 되는군요."

"도면이 아니라, 분위기를 재현한다는 말입니다. 모형을 봐도, 그 건축물의 느낌이 나게끔."

"그래서 어떻게 하자는 말입니까?"

성훈이 웃으며 말했다.

"실측하러 갑시다."

제각기 반응이 달랐다.

"엑? 실측이요? 한 번도 해본 적 없다고요."

"박 목수님께서 특별히 도와주시기로 했습니다."

"시간도 없는데, 왜 그런……."

"지금 출발하면, 왕복 하루로 충분합니다."

승범이 불평하는 학우들을 달랬다.

"이렇게 하는 데는, 분명히 이유가 있을 겁니다. 아니면 지금 우리끼리 다른 모형에 대해서 다시 의논해 볼까요? 시간도 없는데?"

"하지만 승범 선배!"

"불평할 시간 있어! 움직이면서 생각하자고."

승범이 학우들을 밖으로 떠밀었다.

모두 하나같이 인상을 찌푸렸지만, 투덜대면서도 자리에서 일어섰다.

'내친걸음이다. 멈추면 탈락이다.'

첫날인데, 성질 더러운 팀장의 비위를 거스를 수도 없지 않겠나!

승범이 물었다.

"팀장. 처음부터 이럴 생각이었냐?"

그의 말에 피식 웃었다.

"처음? 나 어제 팀장 달았다. 알지?"

"칫!"

직접 보지 않고 만든다는 것은, 그분위기를 살릴 수 없다는 말과 무엇이 다르랴.

실측은 숫자로 나타나지만, 분위기는 다르다. 현장에 가본 당사자가 아니면 느낄 수 없다.

'뭐든지 시작은 어려운 법이야.'

"오랜만에 오니 감회가 새롭구만."

법주사 금강문을 지나며, 흐뭇하게 웃는 박 목수에게 농담을 건넸다.

"별로 그리 불심이 깊어 보이시지는 않는데요?"

"당연하지. 내가 불심은 무슨. 초파일에도 절에 한 번 갈까 말까 하는데."

"그래도 용케 여기는 와 보셨나 봅니다."

"불공드리러 왔겠나? 일하러 왔지. 벌써 십오 년이나 지난 일일세."

"그때부터 실력을 인정 받으셨나 봅니다."

절간의 수리를 아무에게나 맡길 수가 있을까?

더구나 이런 절이라면 하나하나가 문화재다. 아무 장인에게나 맡길 수가 없는 것이다.

"실력은 무슨, 그때 대웅전 공사하러 왔을 때, 대목장 어르신을 따라 왔었다네. 섣불리 자재들 건드렸다가, 혼도 많이 났었지. 허허허."

그의 추억을 들으면서 발걸음을 빨리 했다.

팀이 도착하기 전에 해야 할 일이 있었다.

"거기 사다리 제대로 잡아봐. 흔들리잖아."

"사다리가 낡아서 그런 걸 어쩌라고?"

"그럼 네가 올라올래?"

"아냐. 승범아. 제대로 잡고 있을게."

우리는 지금 법주사에 도착해서 팔상전의 부지를 실측하고 있다.

다른 과에서는 건축학과와 달리, 현장에서 실측을 하는 경우는 거의 없으니, 어쩌면 당연한 현상이리라.

기단과 기둥의 실측을 끝내고, 서까래의 폭을 측량하기 위해 학생들이 사다리를 타고 올라가 줄자로 길이를 재고 있었다.

'그래도 겨우 허락은 받아냈네. 이래서 인맥이 중요하다고 했던 것인가?'

물론 처음부터 실측을 허락했을 리가 만무했다.

젊은 중이 나지막하게 언성을 높였다.

"다짜고짜 그런 부탁을 하시면 저희도 곤란합니다. 시주."

팔상전의 실측을 부탁했더니, 문화재를 훼손할 우려가 있다면서 극구 거절을 했다.

"절대 훼손시키지 않겠습니다."

하지만 젊은 중은 완강했다.

'이거 이러다가 오늘 못 끝내는 거 아니야?'

나는 안내하는 스님과 실랑이를 벌이며 속이 바짝바짝 타고 있는데, 박 목수는 옆에서 경내 구경만 하고 있었다.

'실측은 우리가 한다. 그거야?'

박 목수를 쿡 찔렀다.

"왜 그러나?"

"아까 이 절에 아는 분 계시다면서요?"

"허허! 벌써 십오 년 전 얘기야, 강산이 한 번 반은 변할 시기라고. 그리고 그 중은 오지랖이 넓어서 벌써 쫓겨났을 게야."

"그래도 한 번 물어보세요. 밑져야 본전이잖아요."

그래도 안 되면 최 옹이나 시장에게 압박을 해서라도 인맥을 동원해 봐야지.

너무 급한 일정이었고, 내 마음도 급했다.

민수에게 팀원들과 실측 도구를 챙겨 오라고 하고, 나와 박 목수만 먼저 선발대로 내려왔었다.

그래 봐야 한두 시간 차이겠지만······.

내려오면서 전화를 했지만, '실측에 대한 지시는 받은 적이 없다'는 경비실의 틀에 박힌 대답만 들었을 뿐이다.

그래서 일단 내려와서 부딪쳐보자는 생각을 했고, 지금까지 왔다.

내게 떠밀려 박 목수가 입을 열었다.

"이 절에 지공이라고 하는 스님이 계십니까? 한 십오 년인가 전에는 계셨었는데."

웬일인지, 젊은 중의 태도가 정중해졌다.

"네. 어찌 그리 여쭈시는지요."

"태풍이 심하게 불어서 대웅보전이 훼손되었을 때, 손봐 준 적이 있었는데, 그때 그 스님께 잠시나마 절밥을 얻어먹었습니다. 혹시 계신가 하여 물어보는 겁니다."

"잠시만 기다려 주십시오."

그리고는 젊은 중이 종종걸음으로 사라졌다.

"성훈 형. 저희 도착했어요."

그때 민수와 팀원들이 실측 도구를 들고 경내로 들어서고 있었다.

"아직 허락 못 받았다. 잠시만 기다려 봐라."

그들과 인사를 나누고 있는데, 아까의 젊은 중과 그보다 나이 든 스님이 안채에서 걸어 나왔다.

온화한 인상의 노승이 박 목수를 보고는 반갑게 인사를 건넸다.

"나무아미타불. 박 시주, 그동안 강녕하셨습니까?"

박 목수와 비슷한 연배로 보였다.

"하이고! 지공 스님. 오래간만입니다."

"대웅보전 보수를 하신 분이시라 길래, 대목장 어르신이 아닐까 했었는데, 제 또래이고 말이 가볍다 하시기에 대뜸 박 시주인줄 알았습니다. 허허허."

"가볍다니 누가……."

박 목수가 젊은 중을 향해 눈을 부라렸지만, 그는 시선을 외면하며 먼 산을 보고 있었다.

'오지랖이 넓어 쫓겨났을 거라는 말 때문이겠지. 크크.'

서로 정중하게 인사하는 둘의 얼굴에는 반가운 웃음이 만연해 있었다.

"차나 한잔 마십시다. 안으로."

그가 박 목수의 손을 끌며 안채로 안내했다.

박 목수가 뒤 돌아보며 말했다.

"성훈 군. 뭐 하는가. 따라오게나."

"네. 알겠습니다."

그리고 뒤를 향해 민수와 팀원들에게 말했다.

"민수야. 금방 들어갔다 나올게. 실측할 준비하고 있어라. 알았지?"

"허락해 주실까요?"

"아마 될 거야."

확신하는 내게 민수가 물었다.

"왜 그렇게 생각하세요?"

둘을 뒤따르는 젊은 중을 힐끗하며 말했다.

"내가 저 스님한테 물어보니까, 주지 스님이란다. 저 노스님이."

"언제 또 그건 물어봤대요?"

"아까 저 젊은 스님이 고개 굽실거리는 거 못 봤냐? 그럼 당연히 높은 사람이지. 어떤 사람이기에 그럴까 싶어서 물어본 거지. 그런데 주지라고 하더라고."

"하하하. 동작도 빠르시네요. 전 포기한 줄 알았는데."

민수의 말에 웃음이 나왔다.

'당연하지. 안 될 것 같으면 다른 수를 강구해야지. 편하게 차나 마시고 있을 시간이 어디 있어?'

"들어보니 주지승이랑 너희 할아버지께서 잘 아는 것 같은데, 실측 같은 부탁 하나 안 들어주겠냐?"

"알았어요. 이 친구들한테 제가 설명하고 있을게요."

"응. 준비 잘하고 시간 남으면 경내나 설명해 줘라. 사진도 좀 찍고."

나가는 내게 주지승이 손을 꼭 붙들고 부탁했다.

"성훈 시주. 원래는 허락하지 않는 것인데, 최 시주 어른의 부탁이 있었으니, 특별히 허락하는 것이외다."

부탁은 무슨 부탁?

그게……. 최 옹의 이름을 빌려서 부탁을 했다.

'혹시라도 허락이 안 떨어지면, 지공 스님께 부탁을 해보라고 하시더라고요.'

'그 어른께서 저 같은 빈승을 기억하고 계시던가?'

얼굴이 환해지는 주지승이었다.

내친 김에 약간의 칭찬도 늘어놓았다.

'그럼요. 마음이 하늘처럼 넓고, 성정이 부드러우시다고, 아마 살아 있는 부처가 있다면 지공 스님이 아닐까…….'

옆에서 박 목수가 인상을 찌그려뜨렸지만, 뭐 어쩌겠나.

최 옹이 그런 생각을 하셨을 수도 있지!

박 목수가 퉁명스레 물었다.

"너무 무리하시는 거 아닙니까? 스님."

"이딴 것이 어찌 무리라 하겠습니까? 그 어른이 아니었으면, 우리 부처님이 비를 맞으셨을 텐데요. 나무아미타불."

"그거야……."

"그 은혜 어찌 다 갚겠습니까?"

'얼른 끝내고 나가야겠군.'

어설픈 연기는 오래 보면 들통 나는 법이다.

얼른 주지승에게 인사를 했다.

"감사합니다. 스님."

고개를 꾸벅 숙이는 내게 주지승이 합장하며 말했다.

"박 시주도 특별히 신경 써 주십시오."

"알겠습니다. 주지 스님. 걱정하지 마시래도."

그래도 마음이 놓이지 않는 모양이었다.

"성훈 시주. 이곳에 있는 것들은 보물 아닌 것이 없다네."

그의 말처럼 법주사에는 보물이 아닌 것을 찾기 어려울 정
도로 문화재의 보고였다.

팔상전은 그중 하나였을 뿐이다.

팔상전을 포함한 국보 3점, 그리고 보물 6개.

2003년 이후에 6개가 더 보물로 추가될 것이다. 그 외에
도 보존가치가 있는 문화재들이 스무 개가 넘게 존재하고
있었다.

하지만 보물은 개수가 아니라, 얼마나 보존 상태가 좋으냐
에 따라 가치가 결정되는 것이니, 그의 염려가 지나치다고
할 수는 없었다.

"부디 시주께서도 부디 우리 절을 부처님 몸이라 생각하

고, 소중하게 다뤄 주시게나."

"알겠습니다. 아무런 손상이 없도록 각별한 주의를 기울이겠습니다."

나가는 우리에게 합장하며 말했다.

"최 시주 어른께 제가 꼭 안부 전하더라고 말씀드려 주십시오."

'이런 곳까지 인맥이 퍼져 있다니, 도대체 끝이 어디야?'

내가 진정으로 얻어야 할 것은 최 옹의 실력도 그렇거니와, 그가 전국에 퍼뜨려 놓은 인맥의 네트워크일지도 모른다는 생각이 들었다.

'수리 보수 한 번 하지 않은 사찰이 어디 있겠으며, 전통 건축물이 있을 리가 없잖아.'

그렇다면 거의 모두 인연이 있다는 말이고, 최 옹의 인품으로 보아, 좋은 인연일 터.

경내로 들어오며 말했다.

"박 목수님. 감사합니다."

"내가 뭘 한 게 있나? 대목장 어르신께 감사를 드려야지."

"그런데 이곳 주지 스님과는 어떻게 아시는 사이십니까?"

"어르신과 함께 대웅전 보수를 하다가 만났었지. 그때는 천방지축 젊은 스님이었는데, 벌써 20년 가까이 시간이 흘렀구만."

그 시절을 회상하는 모습이었다.

"그해 여름에 유난히 태풍이 심하게 왔었지. '셀마'인가? 아마 그랬을 거야. 전국이 홍수로 난리가 아니었지."

"저도 기억나네요. 열 살 약간 넘었던 것 같은데. 태풍이 심해서 슬레이트 지붕이 날아가고 했었죠."

"그래. 맞아. 그때야. '사라' 이후로 제일 피해가 컸다고 뉴스에서 말하더군."

'매미'와 '루사'도 있었지만, 그건 몇 년 후에나 우리나라를 방문할 것이다.

"저기 대웅보전 보이지?"

그를 따라 다니다 보니, 어느덧 대웅보전 앞에 도달해 있었다.

"네."

"자네가 보기에 왼쪽 처마지. 그게 심하게 훼손되었거든. 그때 스님들이 안달복달을 하고 있더라고. 자네도 알다시피 나무가 물을 먹으면 빨리 썩잖나."

"그렇죠."

"다른 사람들이 와서 다 고개를 젓고 갔는데, 그때 대목장 어르신께서 나 같은 젊은 목수들을 대거 동원하셔서 보수하셨지."

"그래서 그렇게 감사를 하시는 거군요."

"그런 거라네."

흐뭇하게 웃더니, 내게 물었다.

"어떤가? 티가 나는가?"

"아뇨."

그의 말처럼 새로 보수했다는 흔적을 찾기 어려울 정도였다.

"그런 태풍이 몇 번을 더 와도 이제는 끄떡없을 거야. 그만큼 신경을 쓰셨거든."

그가 입맛을 다시며 말했다.

"그때 대웅보전은 실측을 해서, 따로 도면을 만들어 뒀었는데."

"아쉽네요. 팔상전도 있었으면 좋았을 것을."

아무래도 전문가의 손길이 닿은 도면과 우리의 도면은 그 수준도 다를 것이다.

"그러게. 자네를 만나게 될 줄 누가 알았나?"

아직 실측에 대한 허락이 떨어지지 않은 탓인지, 사진의 플래시 터지는 소리만 요란하게 울리고 있었다.

승범의 목소리가 들렸다.

"아까 민수가 하는 말 들었지. 한군데도 빠짐없이 몽땅 사진을 찍어둬! 어디에 쓰게 될지 모르니까."

'민수가 일은 꼼꼼하게 시켜뒀군.'

왜 이렇게 찍어대느냐고?

'혹시 또 알아? 이 건물이 태풍에 날아갈지?'내가 아는 미래에서는 팔상전이 날아가는 일이 없었지만, 사람의 후일은 모르는 법이다.

누군가가 투덜거렸다.

"도면으로 그려놓으면 되죠. 뭐 하러 그렇게 사진까지 다 찍어요?"

승범의 호통 치는 소리가 들렸다.

"말대답할 시간 있으면 하나라도 더 찍어!"

승범이 사라지고, 누군가가 말했다.

"호랑이가 없으면 여우가 왕이라더니."

기록은 기억을 지배한다.

아무리 도면을 잘 그린다고 해도, 자료는 도면만큼의 가치를 가진다.

더군다나 우리나라 전통건축처럼 자로 잰 듯 완벽하게 가공을 거치지 않은 목재를 사용하는 경우에는 그 가치가 더더욱 커진다.

그 자연미의 곡선은 도면으로 표현할 수 없는 것이기에.

"성훈 선배, 완전 박사네. 박사."

학교로 돌아가는 봉고 안.

잠시 졸고 있던 민수가 뒷자리에서 들려오는 소리에 퍼뜩 잠이 깼다.

"응? 왜? 무슨 일 있어?"

"아니. 성훈 선배는 그런 걸 어떻게 알았대?"

"뭘?"

잠이 덜 깬 얼굴로 물었다.

"우리나라 목탑이 쌍봉사 대웅전과 법주사 팔상전, 이렇게 두 개였다니, 난 전혀 몰랐거든. 민수 넌 알고 있었냐?"

"아니. 나도 몰랐어. 배운 적이 없잖아."

"그러니까 하는 말이잖아. 우리랑 학년 차이 나봐야 한 학년밖에 차이가 안 나는데 말이야."

"원래 그 형이 좀 아는 게 많아."

그러면서 민수도 궁금해졌다.

쌍봉사 대웅전은 1984년에 불에 타서 소실되었다고 성훈이 말했었다.

보존되지 못한 문화재는 그 가치가 없다.

기록으로만 남을 뿐이다.

1984년에 쌍봉사 대웅전이 화재로 소실되는 바람에, 현재로서는 법주사 팔상전이 유일하게 현존하는 목탑 문화재였다.

1984년. 민수는 초등학교 3, 4학년이었다.

'그럼 성훈 형도 4, 5학년이었을 거란 말이야. 국사는 중학교에 들어가야 배우는데, 그걸 어떻게 알고 있었을까?'

그런 생각이 들 수밖에 없으리라.

지금 이 시대에는 '아홉글'의 '윅히백과'가 없으니 말이다.

성훈이야 예전에 본 기억으로 지나가듯 설명을 한 거겠지만, 보는 이들의 생각은 달랐다.

'얼마나 공부를 했으면, 저런 걸 다 알까?'라는 동경의 시선을 보이지 않았던가?

15년 후에는 알고자 하면 금방 알 수 있겠지만, 지금의 빈약한 정보력으로 그것을 알 수가 있으랴?

"야! 고작 그런 걸 가지고 뭐 그렇게 대단하다고 하냐?"

시비조의 말이었다.

"대단하지. 안 대단하냐? 넌 알고 있었냐?"

"난 건축과가 아니니까, 모르는 거지."

"꼭 그런 것만은 아닌 것 같더라."

다른 녀석도 끼어들며 말했다.

"뭐가?"

"같이 계시던 박 목수 어른도 몰랐던 것 같으니까."

"네가 그걸 어떻게 아냐?"

"내가 옆에서 물어봤거든."

"뭐라고?"

"성훈 선배 말하는 게 정말이냐고. 그랬더니 뭐라고 하신 줄 아냐?"

모두의 시선이 집중되었다.

"흠칫 놀라시더니, '아마……. 그럴걸. 그때쯤인 것 같은데, 잘 기억이……' 하며 얼버무리시더라고! 안 계셔서 하는 말이지만, 모르시는 게 분명했어."

"그런데 그게 성훈 선배가 대단한 거랑 무슨 상관인데?"

"이쪽 계통으로만 몇십 년을 일하신 분도 긴가민가하시는데, 성훈 선배가 알고 있으니까 대단한 거지. 그때 우리는 초등학교 다닐 때라고."

"그래. 맞아. 따로 공부하지 않으면 알 수가 없는 건데. 그걸 어떻게 공부했을까 하는 거지."

"나도 대단하다고 생각하는데. 건축물의 구조와 명칭에 대해서 설명하는데, 설명 부분에서는 박 목수 어른보다 낫더라. 야!"

'아까 올 때는 서로 팀장 혼자서만 한다고 불평 투성이더니, 그거 한 번 설명해 줬다고 추켜세우기는, 냄비 같은 것들.'

그의 눈이 인상을 쓰고 있는 승범에게 닿았다.

'승범 선배랑 이야기를 좀 해야겠네.'

소란의 와중에 민수의 전화벨이 울렸다.

"성훈 선배가 요 앞 휴게소에서 식사 겸, 쉬었다 간다니까. 화장실 갔다가 식당으로 와라."

"왜 우리가 팔자에도 없는 실측이나 하고, 이게 뭡니까? 승범 선배!"

식사 후에 팀원 중 두 명이 조용히 할 말이 있다기에 따라왔더니, 그에게 하는 말이 이거였다.

그들의 불평을 들으며, 쓴웃음을 삼켰다.

"내가 오자고 한 거 아니다. 기분 나쁘면, 직접 가서 말하지 그러냐?"

'나라고 하고 싶어서 하는 줄 아냐?'라는 말이 입 밖으로 나올 것 같았지만, 꾹 눌러 참았다.

'지금 말하면, 그동안 쌓인 것들이 다 폭발할 것 같으니까.'

이미 안 좋게 찍혀서 조심스레 행동하고 있는데, 그들은 승범의 타는 속도 모르고, 오히려 부채질을 하고 있었다.

"선배, 요즘에 우리 팀장이랑 많이 친해진 것 같던데, 가서 말 좀 해 줘요."

다른 녀석의 불평도 이어졌다.

"그래요. 우리가 전공으로 도움을 주려고 왔지. 이런 거나 하려고 온 건 아니잖아요. 안 그래요?"

승범이라고 마음이 다르랴.

'나도 기계과야 자식들아!'

하지만 여기서 팀 분위기를 해쳐서는 자신이 곤란했다.

그들을 달랬다.

"나도 너희 마음 모르는 게 아닌데, 어차피 해야 할 일이고, 처한 상황이 그래서 이렇게 된 거니까, 이 정도는 이해하고 넘어가자. 안 그러냐?"

"그 사람 마음대로 할 거면, 팀은 뭐 하러 만들었대요? 그냥 탈락시켜 버리지."

"왜 나는 좋기만 하구만. 취업 때문에 스트레스 받아서 죽을 지경이었거든. 야! 좋은 쪽으로 생각해. 어차피 가산점 받으면 좋잖아."

"하지만 승범 선배. 팀장은 전혀 우리 의견이라고는 듣지를 않는다고요. 그러니까 선배가 이야기 좀 해주세요."

'왜? 왜 나냐고?'

승범의 인상이 찌그러졌다.

"내가 왜 그래야 하는데?"

"선배가 부팀장이잖아요."

부팀장?

원하지도 않았는데, 무슨!

이게 부팀장이 할 일인가?

응당 실질적으로 일을 진행해야 마땅한 짬밥이건만, 이런 철없는 녀석들의 불평이나 들어줘야 한다니.

'이게 무슨 부팀장이냐? 보모지.'

하지만 여기서 분란을 일으킬 수는 없었다.

그들을 달래며 말했다.

"알았어. 그럼 내가 민수한테 말해볼게."

"민수가 아니라, 성훈 선배한테 직접 말씀드려 주세요. 네?"

달래던 승범도 슬슬 지쳐갔다.

"하아. 답답하다. 나도 미치겠단 말이다."

"그쵸. 선배. 진짜……. 아오. 선배라서 어떻게 할 수도 없고."

'야! 동기라도 어떻게 못 하는데……. 휴.'

승범이 머리를 쥐어뜯었다.

"내가 어쩌다가 이렇게 된 건지."

맑은 하늘을 바라보며, 한숨을 푹 내쉬었다.

"야! 나도 지금 마음 같아서는 당장 다 때려……."

"저도 그래요. 선배님. 가산점만 아니면, 다 때려치우고 싶어요."

녀석의 말이 귀로 들어오지 않았다.

승범의 눈에는 계단참에서 아래를 내려다보는 성훈만이 눈에 들어왔다.

그리고 성훈과 눈이 딱 마주쳤다.

성훈이 씨익 하며 웃더니, 모습을 감추었다.

"딸꾹!"

"선배 왜 그래요?"

"사레 들렸어요? 등 두드려 드려요?"

딸꾹질을 하며, 넋이 나가 있던 승범이 정신을 차렸다.

'분명이 헛것을 본 것은 아니고.'

울분에 찬 목소리로 고함을 질렀다.

"짜식들아. 까라면 까! 무슨 말이 그렇게 많아."

"네?"

"하기 싫으면 닥치고 팀에서 나가! 할 거면 잠자코 따라오던지! 알았어?"

"왜 그래요? 승범 선배? 더위 먹었어요?"

이해할 수 없는 행동에 녀석들이 승범을 붙잡았지만, 그의 속이 타들어 갔다.

'이 자식들 때문에. 아우. 진짜!'

당장 가서 성훈의 오해를 풀어야 했다.

"어디 가요. 선배?"

"몰라! 자식들아. 일단 차에 타고 있어!"

승범의 발걸음이 빨라졌다.

저 멀리 자기 차로 향하는 성훈의 모습이 보였다.

승범은 달렸다.

'미치겠네. 어떻게 마주쳐도 그렇게…….'

성훈은 비릿한 눈으로 웃고 있었다.

'고작 뒷담화나 하는 거냐?' 하는 눈빛.

'아 진짜, 이러다가 떨궈지는 것 아냐?'

하지만 화가 난 눈빛은 아니었다.

'그래. 멀어서 안 들렸을 수도 있어.'

아직 기회는 있었다.

"힉헉. 팀장!"

"응. 왜?"

속이 타는 자신과는 달리 성훈은 평안해 보였다.

"거기는 왜 온 거야?"

"그냥 밥 먹고 산책이나 하려고."

하지만 자신의 마음이 급해서인가?

대수롭지 않게 말하며, 귀를 후비는 모양이 심상찮아 보였다.

성훈에게 물었다.

"우리가 얘기하는 것 들었어?"

"멀어서 잘 들리지는 않았어. 그냥 애들이 하소연하고 넌 달래는 느낌이었는데, 아니었냐?"

"하하. 맞아. 걔들이 철이 없어서, 아직 뭘 잘 모르더라. 그래서……."

"그래. 잘했어. 부팀장 역할 제대로 하더라. 널 믿고 맡긴 보람이 있어."

그러고는 승범에게 어깨동무를 하며 말했다.

"앞으로도 잘 부탁한다. 너 없으면 힘들어. 알다시피 민수가 애들 다루는 쪽으로는 약하잖냐."

승범이 안도하면 고개를 끄덕였다.

"알았어. 걱정하지 마."

봉고로 돌아가려고 하는데, 성훈이 고함을 쳤다.

"곧 간다니까요. 좀만 기다리세요."

누구에게 하는 소리인가?

전화를 하는 건가 싶어 돌아봤지만, 그것도 아니었다.

'내 귀에는 아무것도 안 들리는데?'

성훈에게 물었다.

"누구한테 하는 말이야?"

"박 목수 아저씨가 불러서 말이야."

"어디 계시는데?"

성훈의 손이 자신의 차, 카마로를 가리켰다.

"저어기."

해가 어둑어둑 져서 어두웠지만, 그의 노란색 차만은 잘 보였다.

거기서 나이 든 중년이 손을 휘휘 젓고 있었다.

뭐라고 소리를 지르면서 말이다.

성훈에게 물었다.

"뭐라고 하시는 거냐?"

"올 때 자판기에서 식혜 좀 사오라고 하시네. 너희들 먼저 출발하라고 해. 난 자판기에 갔다가 간다고."

성훈이 한숨을 내쉬며 걸음을 옮겼다.

화장실 옆 공터에 자판기가 보였다.

다시 뒤돌아 박 목수 쪽을 바라봤다.

여전히 그는 고함을 지르고 있었다.

'저게 들린다고?'

박 목수 쪽을 향해 걸었다.

그리고 20m쯤 걸어갔을까?

희미하게 그의 소리가 들렸다.

"식혜 사오라고! 나는 비락 꺼 아니면 안 먹어!"

다시 봉고 쪽으로 걸음을 돌렸다.

'이게 들리는 놈이. 2m 위에서 안 들렸다고?'

한숨을 내쉬며, 봉고로 발걸음을 돌렸다.

차에서 내리자마자 바로 작업실로 향했다.

쉴 틈도 없이, 성훈의 프레젠테이션이 이어졌다.

"오면서 민수가 실측한 자료들을 나눠줬을 겁니다. 받으셨죠?"

"네!"

이제 하루 일과가 끝날 것이라 생각했던지, 모두의 얼굴이 밝았다.

"실측한 자료를 내일 점심까지 정리해 오세요."

"네? 우리 방금 충청도에서 올라왔다고요."

"팀장님! 이건 너무 과하잖아요. 좀 쉴 틈은 줘야 할 거 아닙니까?"

이번에는 아까의 두 사람만이 아니라, 모두가 불평을 토해냈다.

가만히 그들을 둘러보던 성훈이 말했다.

"전력으로 질주하겠다고 약속했습니다."

"……."

"이번 주 내로 실측 자료의 정리는 물론, 실제 모형까지 만들 계획입니다."

"아무도 그렇게 하는 팀은 없다고요. 아직 한 달 동안 시간이 있는데……. 이러면 지쳐서 끝까지 할 수가 없다고요."

'힘들기야 하겠지만, 이제 시작인데 이렇게 어리광을 부려서야.'

민수가 성훈을 보며, 어깨를 으쓱했다.

'형 처음인데, 적당히 하면 어때요?'라는 눈빛을 보내며 말이다.

성훈이 속으로 한숨을 내쉬었다.

'내가 너무 심한 건가?'

둘러보는 와중에 승범과 눈이 마주쳤다.

승범이 벌떡 일어섰다.

그에게 물었다.

"부 팀장. 정말 안 되는 겁니까?"

승범이 결심을 굳힌 눈을 한 채, 단상으로 걸어 나왔다.

그의 귀에 소곤거리는 소리가 들려왔다.

'승범 선배. 오늘 하루만 쉬자고 해 주세요. 네?'

'이러다가 배터리 방전된다고요.'

기대의 눈빛들이 승범의 등에 부서졌다.

성훈의 앞으로 다가가 단상에 섰다.

"오늘 우리 중에서 가장 피곤할 사람이 누구라고 생각하십니까?"

그는 대답을 기다리지 않았다.

"아까 태워주신 봉고 운전사님? 바로 퇴근하신 박 목수님?"

아무도 대답이 없었다.

자신을 가리키며 말했다.

"저? 아니면 민수 학우? 아니면 여기 팀원들?"

그가 고개를 저었다.

"아닐걸요. 제일 피곤한 사람은 팀장님일 겁니다. 왜냐고요? 우리가 차 안에서 퍼져 잘 동안 계속 운전을 했거든요."

"그뿐입니까? 제일 먼저 도착해서, 스님들과 실랑이를 했고, 실측할 때도 앞서서 진두지휘를 했죠."

인정은 하지만 할 말은 있었다.

"그렇기는 하지만, 사람이 적당히 쉬어가면서 해야 할 것 아닙니까?"

민수가 분류한 자료를 들며 말했다.

"이게 팀장이 맡은 분량이고, 이게 나머지가 우리가 맡은 분량입니다. 제가 보기엔 양쪽의 자료가 비슷해 보이는군요."

민수가 속으로 피식 웃었다.

'성훈 형 건축 캐드는 속도가 장난이 아니라고요.'

어쨌거나 자료의 양은 비슷했다.

승범의 말이 이어졌다.

"긴말 하지 않겠습니다. 해 봅시다. 이미 절벽 끝으로 몰렸고, 오전만 해도 의욕이 넘쳤잖아요."

to be continued

예성 장편소설

그라운드의 사령관

Wish Books

촉망받던 야구 유망주 정찬열!

국내 구단의 러브콜을 거절하고 미국행을 선택했지만
별다른 활약을 보이지 못한 채 묻혀 버렸다.

그런 어느 날,
그에게 기회가 찾아왔다!

눈을 떠 보니 고등학교 3학년?

아직 계약하기 전이라고?!

"두 번 다시 같은 실패는 하지 않겠다!"

야구 역사의 한 획을 긋는 그 현장에
지금, 함께하라!

온후 현대 판타지 장편 소설

던전사냥꾼

Dungeon Hunter

나는 실패했고, 다시 도전한다.
더 이상 실패란 없다!

마왕이 되고자 했으나 실패한 랜달프
생의 마지막 순간
과거로 돌아오다!

다시 한 번 주어진 기회
이제 다시는 잃지 않겠다!

지구에 나타난 72개의 던전과 그곳의 주인들.
그리고 각성자들.
나는 그들 모두를 잡아먹는 사냥꾼이다.

우지호 장편소설

빅 라이프

Wi▮
Boo▮

돈도 없고 인기도 없는 무명작가 하재건,
필사적으로 글을 써도
절망뿐인 인생에 빛은 보이지 않는데…….

어느 날,
그가 베푼 작은 선의가
누구도 믿지 못할 기적이 되어 찾아왔다!

'글을 쓰겠다고 처음 결심했던 때를
잊지 말게.'

무명작가의 인생 대반전!
지금 시작됩니다.